Peter Demetz ⟡ Böhmische Sonne, mährischer Mond

INHALT

Anstatt eines Vorworts

Reinhard Baumgart: Milde und Entschiedenheit.
Laudatio auf Peter Demetz

Von den vielen Preisen, die diese Akademie jährlich zu vergeben hat, hätte Peter Demetz mindestens drei verdient und schon längst. Wer gut drei Jahrzehnte an der Yale University, einer Hochburg amerikanischer Literaturwissenschaft, Germanistik gelehrt und dazu noch einem amerikanischen Publikum in zwei umfänglichen Büchern alle Bewegungen und Zuckungen der deutschen Nachkriegsliteratur nahegebracht hat, der wäre längst ein idealer Kandidat für den Friedrich-Gundolf-Preis gewesen, sowohl in seiner alten engen wie in seiner neuen erweiterten Definition. Wer, zweitens, wie Peter Demetz Buch um Buch, Artikel, ja Satz um Satz gegen das weitverbreitete und keineswegs unbegründete Gerücht angeschrieben hat, Germanisten könnten von Berufs wegen kein Deutsch schreiben, dem hätte man dafür längst mit dem Sigmund-Freud-Preis für wissenschaftliche Prosa danken müssen. Wer schließlich und drittens sich als Gelehrter nicht nur in fernen Jahrzehnten und Jahrhunderten der deutschen Literatur umgesehen, sondern sich die Neugierde für das Neue und Allerneueste bewahrt hat, um mit allem Risiko seine Urteilskraft daran kritisch zu erproben, der sollte dafür belohnt werden mit dem Johann-Heinrich-Merck-Preis, und das immerhin wird nun heute endlich geschehen.

Trösten wir uns mit der womöglich sogar zutreffenden Vorstellung, daß die Gremien dieser Akademie seit Jahr und Tag verzweifelt ringen mit der Frage, welcher von drei möglichen Preisen Peter Demetz denn vor allem zukommen müßte – eine verzweifelte, weil unlösbare Frage, denn keine Entscheidung und keine Unterscheidung könnte Peter Demetz je ganz gerecht werden, weil sich hinter diesem einem Namen eine Person verbirgt, die sich aus vielen Personen zusammensetzt. Geprägt durch katholische und jüdische Herkunft, politisch wohl am nachdrücklichsten durch die tschechische Republik unter Masaryk, erzogen auf deutschen und tschechischen Gymnasien, in Prag wie in Brünn, ist Peter Demetz aufgewachsen zwischen den Sprachen und Kulturen. Ja, von nahem besehen, ist gerade die deutsche Linie seiner Familie durchaus nicht eindeutig deutsch: die Eltern des Vaters waren aus dem ladinischen Südtirol nach Böhmen ausgewandert, und die Großmutter sprach in der Küche zu sich und den Töpfen immer noch – ladinisch.

Kein Wunder also, daß Peter Demetz jüngst noch bekannt hat, er hätte in seinem Leben genügend Nationalitäten ausprobiert und sie alle wieder an der Garderobe abgegeben. Ein Wunder eher schon, daß der in jungen Jahren zweifach Verfolgte, erst während der deutschen Okkupation der Tschechoslowakei, dann in der aufdämmernden kommunistischen Herrschaft nach dem Krieg, der er sich schon 1949 mit einer Flucht durch die böhmischen Wälder entzieht –, daß dieser früh Verletzte und Entsetzte nie erfahrene Aggression vergelten wollte mit Gegenaggressivität. Schimpfen sei doch kein Argument, sagt er, angesichts der gestauten und sich entladenden Wut anderer Zeugen und Opfer rechten oder linken Terrors. Tatsächlich wird Peter Demetz auch als Kritiker weder wüten noch jubeln, sondern immer argumentieren, leise und insistent. Daß andere »schimpfen« auch aus dem Drang nach gesunder oder ungesunder Triebabfuhr – ihm bleibt das wohl so fremd wie die wärmende Uniform einer Nationalität auf der nackten Haut.

Staunend und bewundernd also liest man heute noch die drei Bücher, mit denen der tschechisch-deutsch-jüdisch-katholisch-republikanisch geprägte Flüchtling seine Entfernung aus Prag und seinen Weg in Germanistik und Kritik Schritt für Schritt markiert. 1953 erscheinen *René Rilkes Prager Jahre*, eine fast lächelnd erzählte, präzis zweifelnde Biographie jenes René, den Rainer Maria später am liebsten aus seinem Leben getilgt hätte, eine modellhafte Studie zugleich über Rilkes lebenslanges Projekt, sich zu inszenieren als Dichter. Dann folgt Ende der fünfziger Jahre eine atemberaubend geduldige, kenntnisreich unterrichtende und unterscheidende Untersuchung über *Marx, Engels und die Dichter*. Kein Hauch von Wut und Rache, von Polemik trübt eine Auseinandersetzung, die sich doch insgeheim richtet gegen die damals noch mächtige Schimäre eines sozialistischen Realismus. Unterirdisch, fast unhörbar läuft dieser Streit noch mit in dem knappen, großen Fontanebuch, das sein Programm und damit ein Lebensprogramm des Forschers und Kritikers Demetz zusammenfaßt in dem Titel: *Formen des Realismus*.

Dieses Werk, genau dreißig Jahre alt, ein Buch »im besten Mannesalter«, wie Goethe sagen könnte, ist jung geblieben wie wenig aus dieser Zeit. Meisterhaft leicht geschrieben, das Unscheinbare, Schwerelose der Fontaneschen Kunst parierend mit einer vergleichbaren Anmut der Analyse, verzaubert diese Studie den Leser mit der Illusion, er selbst würde den gewichtigen ästhetischen, sozialen, historischen Problemstoff so leicht und licht über die Seiten bewegen. Am Ende konfrontiert Demetz seinen Fontane mit den Erzählgiganten des 19. Jahrhunderts, relativiert ihn also im weltliterarischen Maßstab, um doch mit dem Satz zu enden: »Dennoch kann ich mich nicht entschließen, meiner Zuneigung zu ihm zu ent-sagen.« Ein Peter-Demetz-Satz: passioniert und diskret, mit lächelndem Vorbehalt hingerissen.

Kann man entschiedener und leiser sich entfernen aus Prag als mit diesen drei Büchern, mit Abschied von einem rilkesch schwülen Fin de siècle, der Absage an eine rot dogmatische

Poetik und schließlich dem Bekenntnis zu einem literarischen Brandenburg, das sternweit weg liegt von goldenem Barock oder Kabbala oder Kafka? Auf der akademischen Landkarte allerdings ist der Weg, den Peter Demetz zurückgelegt hat, der Weg von Prag nach New Haven, so weit nicht: dort führt er nur von den früheren Prager Strukturalisten zur Schule des *New Criticism* und damit auch zu René Wellek, dem Freund und Mentor, verbunden durch gleiche Herkunft und verwandte Interessen für die Geschichte der literarischen Kritik und die Probleme literarischer Wertung.

Doch strikt akademisch, als Lust eines Theoretikers auf die Praxis, kann ich mir den lebenslangen Impuls eines Gelehrten, sich kritisch einzulassen auf die neueste Literatur, nicht erklären. Hier liest und schreibt eine Neugier mit, die Peter Demetz auch auf durchaus unakademischen Gebieten nachgesagt wird, als Lust zu reisen, klammheimlich fremd in der Fremde, oder als eine offenbar fast lasterhafte Sucht auf Kino. Ja, ich vermute, daß auch seine frühe Erfahrung, nirgends ganz zu Hause und mit sich selbst nicht ganz identisch zu sein, diese Lesereisen ins Unbekannte und Unerwartete wesentlich motiviert hat. Lesend überprüft dieser Kritiker – wie jeder, der mehr sein möchte als ein Gutachter – seine eigenen Erfahrungen mit den fremden, den imaginierten. Woraus schon folgt, daß für Peter Demetz nicht nur die jeweiligen Werke in Frage stehen, die Glaubwürdigkeit, ja Wahrheit ihrer ästhetischen Struktur, sondern immer auch die Autorenpersonen, deren Lebensgeschichte hineingeflochten ist in die Geschichte dieses Jahrhunderts. Eine autorenlose, eine aus der Geschichte herausfallende Literatur der namenlosen, nur noch mit sich selbst murmelnden Diskurse – sie würde diesen Neugierigen wohl kaum interessieren.

Das alles verraten andeutend schon die Titel *Die süße Anarchie* und *Fette Jahre, magere Jahre*, unter denen diese Erkundungen unserer Gegenwartsliteratur 1970 und 1988 zusammengefaßt wurden. Sie verraten den freundlich befremdeten Blick, die Sympathie wie die Distanz, mit der hier operiert wird. Denn die Bücher wie die Autoren geraten in eine doppelte Perspektive, in eine zarte Zangenbewegung. Überprüft werden sie einmal im Licht (oder Schatten) der frühen östlichen Erfahrungen des Kritikers, der Erfahrungen mit zwei Glaubens- und Schrekkenssystemen, und gemustert werden sie zugleich aus transatlantischer Entfernung, im Maßstab amerikanischer Lese- und Lebenserfahrungen. Wer das nachliest, dem lösen sich die gewohnten, die bundesrepublikanisch geprägten Lesemuster auf. Er staunt, wie unbefangen bei Peter Demetz Autoren wie Enzensberger und Wilhelm Lehmann, Grass und Doderer, Botho Strauß und Heiner Müller zusammen und gegeneinander geführt werden, wie Ideologie zwar wahrgenommen, aber nie ganz ernstgenommen wird, wie der Autor nicht nur uns, sondern auch sich überrascht, mit dem Wechsel seines Pro und Contra.

Man möchte, man könnte zitieren, unendlich, und läßt es dann doch lieber sein. Denn jedes Zitat einer geglückten Formulierung, gar eines Bonmots würde nur täuschen. Es unterschlägt den geduldigen Prozeß der Urteilsfindung, das Hin- und Herwenden der Argumente und Gegenargumente, das Zögern noch in der Entschiedenheit, die Milde auch in der Strenge – kurz: das Fontanesche Temperament dieses Kritikers. Er bleibt höflich, auch wenn seine Zweifel einmal ausschlagen zu anmutigem Hohn. Höflich heißt: nie werden wir überredet oder gar agitiert. Das letzte Urteil bleibt immer dem Leser überlassen: möge der nachprüfen und notfalls widersprechen.

Peter Demetz, der Kritiker, beteiligt uns an einem Gespräch, das er mit einem Werk, mit einem Autor, aber auch mit sich selbst führt. Das Gespräch bleibt offen, orientiert an der Offenheit des Essays, der auch zu nichts so entschlossen ist wie zu seiner Unendgültigkeit. Populisten mögen das für ein Zeichen von Schwäche und Unentschiedenheit halten. Ich würde es lieber mit Peter Demetz, der diese Formel für den wahrhaft streitbaren Gutzkow geprägt hat, »liberale Energie« nennen.

Solche Zurückhaltung auf festem Standpunkt ist heute selten geworden. Sie wird leicht übersehen, überhört – zu leise, zu altmodisch. So kommt es, daß Peter Demetz zwar scheinbar unermüdlich noch immer in der Jury des Klagenfurter Sängerkriegs und sogar als deren Vorsitzender fungiert, aber doch in dieser Runde erkennbar wird als ein Außenseiter unter lauter Insidern. Da sah ich ihn sitzen, in einem Fernsehbild Ende Juni, als man sich rings um ihn begeisterte über einen Text im kühnsten Design der Saison: gläsern wäre der, schneidend und zerrissen, souverän noch in der Metaebene, eine Collage empfindungslosen Schmerzes – so hörte ich und hörte Peter Demetz eine Suada eilfertiger verbaler Betroffenheit sich entladen.

Dann aber, leise, zögernd, wendete er die Sätze dieses Textes und die der Kollegen um und um und fand zu beiden und zu ihrem Zusammenhang, je mehr er suchte, keinen vertrauenswürdigen Zugang. Nicht einmal sadistisch konnte er das bejubelte Bravourstück finden – »Das Schöne an der sadistischen Literatur ist doch die Phantasie des Lesers«, hörte und sah ich ihn lächelnd murmeln – und dann endlich mußte er seinen Befund aussprechen, noch immer lächelnd und zögernd: »Ich glaube, ich bin entsetzt.«

Ich glaube, ich war entzückt – und in diesem Moment auch überzeugt: allein ein solcher Satz, diese demütig entschlossene Geste des »I beg to differ« wäre heutzutage des Johann-Heinrich-Merck-Preises würdig. Wenn ich mehr Gründe dafür habe andeuten können, um so besser. Doch den Grund dafür, warum ich heute hier rede und warum dieser Versuch eines Porträts vielleicht in einigen Strichen verrutscht ist zum Selbstporträt, möchte ich zum Abschluß nicht verheimlichen. Peter Demetz und ich, wir kennen uns nur wenig und am genauesten wohl vom Lesen. Trotzdem – als ich vor einigen Jahren diesen Preis für literarische Kritik erhalten sollte, habe ich mir als Laudator gewünscht: Peter Demetz. Es hat sich damals nicht gefügt. Als nun endlich er an der Reihe war, wollte er als Preisredner: niemand Bestimmten – doch bestimmt wurde ich. Das mag man eine glückliche Fügung nennen oder eine Wiedergutmachung oder gar eine Rache des Schicksals. Sollte es letztere sein, dann erkenne ich endlich einen Sinn in dem eigentlich widerwärtigen Satz: Rache ist süß.

Mit Zähneknirschender Hoffnung

Wiener Marginalien, Ende August 1968

18. August – Rundfunk-Rezension: Bohumil Hrabals »Kafkarei«, und andere Geschichten. Der allwissende Erzähler des Realismus hat in der neuen tschechischen Literatur gründlich ausgespielt. Er war der Macht verbündet, weil er, wie sie, über die Menschen wie über Ameisen fortblickte. Epische Struktur, verwandelt durch politische Veränderung: das Ich will wieder von sich selbst reden, der »innere Monolog« und die Rollenprosa dominieren wieder in den Arbeiten Josef Škvoreckýs, Věra Linhartovás und Bohumil Hrabals als gesellschaftlich begründete Form. Nach den winterlichen Schlagworten von Kollektiv, Dienst und Plan konstruieren die Erzähler ihre märzhafte Gegenwelt aus Anarchie, Intimität und kunstvoll schweifender Improvisation; und anstatt des positiven Helden, der wie ein Schneemann unter der Sonne dahinging, wandert in Hrabals Prosa ein Prager Picaro auf den topographischen Spuren Franz Kafkas durch die Gassen und Nächte, als ob K. wahrhaft gewußt hätte, wo die Behörden der Gerechtigkeit residieren. Franz Peter Künzel hat »kavkárna« gut übersetzt: »Kafkarei« – die ersten beiden Silben auf Hrabals Landsmann aus der Karpfengasse hinweisend, die letzte auf schwebend-assoziative Spielerei. Die tschechische Literatur wird in ihren Genesungsprozessen immer wieder zu ihrer surrealistischen Epoche zurückkehren; Hrabals Spaziergänger geht durch die Altstadt, Kafka zur Linken und Guillaume Apollinaire (der allerdings lieber in den Kneipen auf der Kleinseite saß) zu seiner Rechten. Kafka? Sie sagen Kafka, aber sie meinen die polizeiwidrige

Imagination, die Energie des artistischen Spiels (das den Menschen verändert), und die Trauer, die so lang im Schweigen sprach.

19. August – Rauhensteingasse, altes Gewölb, Hinterhofgewirr, Gotisches weißgetüncht: Betriebskantine. Vor einer Tür aufgestapelte Koffer. Ich läute, denn sie schrieb, sie sei vorgestern aus Prag eingetroffen. Aber ich weiß nicht, wer sie ist; und selbst als sie die Tür öffnet und mich als alten Freund begrüßt, erkenne ich sie nicht. Schweißtropfen stehen mir auf der Stirn (wer ist diese Věra, die sagt, daß sie mich nach fünfundzwanzig Jahren wiedersieht). Sie merkt es und hilft mir nach: die Schultage achtunddreißig/neununddreißig, als ich aus der deutschen in die tschechische Schule wechselte. *Materialien zur Biographie eines Mitglieds des Clubs 231*: Not-Abitur im Protektorat; nach 1945 im Präsidium der Regierung; im Frühling 1948 von den Kommunisten verhaftet und ohne Anklage durch die Gefängnisse geschleift. Arthur-Koestler-Szenen: der Staatsanwalt, der ihr ein Geständnis zur Unterschrift hinhält und die Entlassung verspricht. Jahrelange Einzelhaft, tagelang auf dem Zementboden der Zelle, Mißhandlungen: im Gefängnisspital zusammengestückt, ein halbes Dutzend operativer Eingriffe. Ob ich mich an die Nachmittage in der Konditorei Stojan erinnere? Präziseres Erinnerungsbild: Věra, sanftäugig und mit runden Händen über den Crèmeschnitten, aber ich (als ob ich ihren freundlichen Blick nicht verstünde) hinübergebeugt zu Dula, der grünäugigen. Was ist aus Dula geworden? *Materialien zur Biographie einer orthodoxen Redakteurin*: Achtzimmerwohnung in der Beletage, der Vater Rechtsberater der mährischen Klöster und Bischöfe, zwei Dienstmädchen (nach dem Tee hinterließ ich mit einer Kino-Gebärde fünf Kronen als Trinkgeld); in den späteren Kriegsjahren Sekretärin des zukünftigen KPČ-Abgeordneten, Funktionärsheirat, reisende Frauenschafts-

Reporterin in Indien und China (nach der Tanzstunde kam sie einmal mit Konfetti im Haar in die Klasse) *Frieden Freundschaft Konfetti Solidarität*, und das strähnige Haar der alternden Frau über dem aufgeräumten Schreibtisch. »Die Mama geht noch immer in die Jakobskirche«, sagt Věra und streift instinktiv über ihr Kleid.

21. August – Gestern gegen 23 Uhr haben Truppen der Sowjetunion, der Polnischen Volksrepublik, Ostdeutschlands, Ungarns und Bulgariens die Grenzen der Tschechoslowakei überschritten. Dies geschah ohne Wissen des Präsidenten, des Vorsitzenden der Nationalversammlung, des Ministerpräsidenten und des ersten Sekretärs des tschechoslowakischen Zentralkomitees (ČTK). Auf der Straße das Gefühl, daß eine regengraue Glaswand durch den Augenblick schneidet: davor die Tabaktrafik, die französischen Touristen mit dem grünen *Guide Michelin*, die nutzlose Kulisse des Palais Schwarzenberg, überwuchert von den faden Mietshäusern, dahinter eine Maschine, die tickt *Jetzt Jetzt Jetzt*, das Knirschen der Panzerketten, die Furchen im Asphalt, bröckelnder Randstein. Verschwimmende Assoziationen an ähnliche Tage vor dreißig, zwanzig Jahren: unruhige Früh, *Herr Pollak hängen S' die Fahne heraus, die Daitschen sin' da*, feuchte Schneeflocken, die Maueranschläge (General Blaskowitz), Herr Bayer, mein Griechischprofessor, in improvisierter SA-Uniform, weißes Hemd, schwarze Krawatte; und zehn Jahre später: der Tanzabend in der *British-Czechoslovak Society* im Prager Café Savarin, unten die marschierenden Arbeitermilizen, gebügelte Monteuranzüge mit roten Armbinden, Jarda S., der immer von Heidegger sprach, mit dem unvermuteten Parteiabzeichen; unser Demonstrationszug zum Hradschin hinauf, die erstaunten Gesichter in den Fenstern der italienischen Gesandtschaft in der Nerudagasse. *Jetzt Jetzt Jetzt.* Heiterer Himmel auf dem Platz: vor dem sowjetischen Ehrenmal, *Ewiger Ruhm den Helden des antifaschistischen Kampfes*, ein Polizist in grüner Uniform; auf einer Bank, halb in den windigen Wasserschleiern vom Brunnen her, ein junges Mädchen, strenge Nase, schäbiges Schuhwerk, und ein junger Mensch, Aknehaut, Cowboyhemd, müde Augen. Er hebt die Hände und redet auf sie ein: *v Praze už hoří* / in Prag brennt's schon. Die beiden kommen von einer Italienreise, sie haben Brunnenwasser getrunken, Obst und Brot gegessen, in Bahnhofshallen geschlafen, jetzt wollen sie nicht mehr nach Böhmen zurück. Sie kaut mechanisch an einem Stück Brot, zupft Fäden aus ihrer Bluse, blicklos. Ich hab' einen Onkel in Montreal, der wird mir schon was in seiner Garage verschaffen, sagt der junge Mensch. *Tadadada*, der erste Takt der Nationalhymne aus seinem Transistor, auf der brunnenfeuchten Bank.

23. August – Oswald, der die Fernsehsendungen von drüben fast störungsfrei empfängt, berichtet über den Leutnant, der an einer Budweiser Straßenecke weint, die jungen Leute, die von hinten an die Panzer kriechen und weiße Hakenkreuze daraufmalen, die Graffiti an den Auslagen, die Autobusse, den Tanks im Wege. Es sind die Zwanzigjährigen, nicht viele Dreißigjährige. Die Generation der Vierziger und Fünfziger ist fast aus den unruhigen Fahrbahnen verschwunden. Die gebrochene Generation: ins Rad geflochten in den Tagen des Münchner Diktats (als die Soldaten fluchend aus den Grenzbefestigungen zurückmarschierten) und zehn Jahre später, als Präsident Beneš auf die Aktion der Sozialdemokraten wartete und diese auf die seine (die Armee indessen in der festen Hand der stalinistischen Kommandeure). Die bittere Generation, erfahren in den Finessen der Kollaboration mit allen Mächtigen (... *hat halt Familie*); die Generation des öffentlichen Ja und des privaten Nein, die Generation, die weiß, daß die amtliche Mahnung *Zachovejte klid* (Ruhe bewahren) immer erneute Perioden der Hilflosigkeit in Szene setzt. Nicht überall ist Ruhe erste Bürgerpflicht: Der legale Sender Mährisch-Ostrau hat ein Gedicht des jungen Lyrikers Matoušek verbreitet, das den fatalen Refrain *Zachovejte klid* ironisch hinter die vielstrophige Chronik der Kapitulationen setzt: *Zachovejte klid*, und dann die Geheime Staatspolizei der einen und der anderen. Der gute Soldat Schwejk inkarniert nicht das unwandelbare Wesen einer Nation, sondern zwanghafte Augenblicke: Der tschechische Bürger war immer wieder verdammt zur *švejkovina*, der Taktik Schwejks, aber in seiner wiederkehrenden Verdammnis hört er nicht auf, sich an den Gegenbildern aufzurichten: an Žižka von Trocnov, dem hussitischen Befehlshaber, den taboritischen Heerhaufen – und an ihrer modernen Entsprechung, dem Wunschbild von den jugoslawischen Brüdern. Der russische Panslawismus ist tot, der jugoslawische lebt glühender denn je. Das Metaphern-Aggregat von jenem Volke, das nicht kapituliert: *junáci*, die edlen Falken der Berge, *Kosovo pole*, die Balkankriege, Sarajewo, die Partisanen im Kampf mit der Wehrmacht im Karst, unbeugsame Hartnäckigkeit gegen Stalins Drohungen (die Mütze schief in der Stirn, die Maschinenpistole über die Schulter geschlungen, das scharfe Auge spähend durch das Skipetarengebirge). Bilder einer slawischen Geschichte, an deren Wendepunkten die Alarmsignale läuteten und nicht das *Zachovejte klid* – deshalb der einstimmige Enthusiasmus der ganzen Nation, als Tito unlängst nach Prag kam. Schwejk im Traum von jugoslawischen Partisanen (Dialektik); den Vierzigjährigen, ausgelaugten, bleibt nur der Trost des Mythos, dagegen die unrasierten und übernächtigten Zwanzigjährigen, in ihren zerdrückten Pullovern und imitierten Blue Jeans ...

24. August – Die Kommunistische Partei, die vor dem Kriege in weitem Umfang das Vertrauen des Volkes genossen hatte, hat dieses Vertrauen nach und nach gegen Ämter eingetauscht, bis sie endlich alle Ämter bekommen hatte und nichts anderes mehr besaß. Die fehlerhafte Linie der Führung hat diese Partei aus einem politischen Verband und einer idealistischen Gruppe in eine Machtorganisation verwandelt, die eine gewaltige Anziehungskraft auf herrschsüchtige Egoisten, auf skrupellose Feiglinge und Leute mit schlechtem Gewissen ausübte. (Aus dem Manifest der *2000 Worte*). In den Analysen des Liberalisierungsprozesses noch nicht das geringste über die Kader-Praxis (*kádrování*); die konkreteste Frage der täglichen Erfahrung ist noch die unbekannteste. Instinktives Unbehagen, wenn ich abstrakte Erörterungen über die Humanisierung des Kommunismus lese: unmöglich, die Praxis der Liberalisierung in der Sprache Hegels, das heißt der Illiberalität als System, zu beschreiben? Sozialismus, Demokratie, Freiheit, Worte wie glatte Felsblöcke (Skepsis des Chandos-Briefes), aber der Einzelne findet sich an den ausgefransten Rändern, in den konkreten Verzahnungen von Staatsgewalt und Spontaneität: *the proof of the pudding is in the living*, nicht in einem Zitat aus der *Phänomenologie des Geistes*. Nach 1948 etablierte man in jedem Betrieb die Kaderabteilung, welche die Personalakten nach parteipolitischen Normen führte: klassenmäßige Auswertung der Herkunft (Prolet = Arier), Spitzelberichte über Gesprächsfetzen, Teilnahme an den vorgeschriebenen Massenkundgebungen, tägliche Zeitungslektüre (in meinem Bataillons-Kader hieß es, ich sei wortkarg: Ja, denn ich war gerade daran, in der Kaserne meinen Grenzübergang zu organisieren und hatte die Energie nicht, fröhliche Gespräche im Kollektiv vorzutäuschen). Die ganze Nation zerfiel in »gute« und »schlechte« Kader; die »schlechten« vegetierten an der Peripherie, und die »guten« waren nie gewiß, ob sie nicht eines Morgens als »schlechte« erwachten (Slánský-Prozeß) – als ob die Kadernormen von unbekannten Behörden in fernen Schloß-Büros ausgeheckt würden, wo man in das ungewisse Rauschen der Telephone horchte. Das Kader-System war der eigentliche Schaltapparat der Macht; *war*? Im Frühling begann die Apparatur zu bröckeln; die hellhörigen Bürger wußten genau, was es hieß, als Alexander Dubček von den *lieben Mitbürgern* sprach und Ota Šik die Leitung der Produktionsbetriebe durch sachlich qualifizierte Manager forderte. Lockeres oder gespanntes Kader-System, das ist die konkrete Seismographie der Liberalisierung. In manchen Betrieben wurde die Kader-Leiterin zur *osobařka* (Personalreferentin) umbenannt; die Frage ist, inwiefern der Wandlung des Namens die Wandlung der Funktion entsprach. Die andere Frage, ob jemand noch einen Artikel über Kafka schreiben darf oder nicht, folgt daraus, kommt danach.

25. August – Die Stadt Wien, der Wartesaal tschechischer und slowakischer Touristen: Ende der Ferienfahrt, Beginn der Emigration? Dreißigtausend Urlauber sollen noch von Jugoslawien und Bulgarien her auf dem Wege sein. Zeltstädte am Donauufer, rasch aufgestockte Betten in Gasthöfen und Turnsälen (vor allem im fünften Bezirk, wo die alteingesessenen Tschechen, noch aus der Zeit der Monarchie, ihre sozialistischen Ortsgruppen haben); vor dem Gebäude der Gesandtschaft in der Penzinger Straße und vor dem WÖK-Restaurant Diskussionsgruppen, am Rand der Durchfahrtsstraßen die geparkten grauen Škodas, auf den Rücksitzen Handtücher, Äpfel, Kinderbälle. Um halb elf das Telephon: Richard, dessen Stimme ich seit meiner Flucht aus Prag (wir standen an der Station der quietschenden Straßenbahn Nr. 14) nicht mehr gehört habe: unverändert. *Materialien zur Biographie eines parteilosen Intellektuellen*: Studium der Germanistik und Anglistik, Übersetzungen für das Stadttheater, philosophische Interessen. Im Jahre 1950 nur noch geduldet im Seminar, dann zwei Jahre Arbeitslager, Taglöhner; später Arbeit in einer Fremdsprachenschule (während die Parteidozenten in der akademischen Hierarchie aufsteigen). Seine Frau Kunsthistorikerin, in einer Galerie beschäftigt; als man dort die Bilder eines Malers ausstellt, der nach Israel geht, wird sie verhaftet; zu Hause die achtjährige Tochter. Freundlich gesinnte Redakteure versorgen ihn mit Übersetzungsarbeiten (seine Version von Brochs *Bergroman* in der Druckerei, vor der eben die Tanks aufgefahren sind). Nach 1965 endlich die Möglichkeit, eigene Arbeiten zu publizieren; nach dem Sturz Novotnýs Beteiligung an den Programm-Beratungen der katholischen Volkspartei, die innerhalb der »Nationalen Front« lebhafter werden will. Gespräche mit den liberalen Funktionären der Universität über die Möglichkeit einer Habilitation: keine Planstelle. Die Szene mit Max Frisch, der eines Abends fragt: Aber was geschieht, wenn ihr unseren Sozialismus nicht rettet? Richard ging wortlos weg. *Die Initiative und die Anstrengungen der demokratischen Kommunisten sind nur Ratenabzahlungen auf die Schuld, die die ganze Partei bei den Nichtkommunisten hat, die sie im Zustand der Nichtgleichberechtigung gehalten hat. Den Kommunisten gebührt daher keinerlei Dank, es muß aber anerkannt werden, daß sie sich ehrlich bemühen, die letzte Gelegenheit wahrzunehmen, die eigene Ehre und die Ehre der Nation zu retten.* (Aus dem Manifest der *2000 Worte.*)

26. August – Im Laufe des Sonntags trafen auch die Parteichefs der anderen vier Besatzungsmächte in Moskau ein, bestätigte ein Sprecher der tschechoslowakischen Botschaft in Moskau. Auf einer Gipfelkonferenz sollen sie einem Kompromiß zwischen Moskau und Prag zustimmen. In der Tschechoslowakei wurden die sowjetischen Besatzungstruppen verstärkt (dpa). Mit Richard in der Redaktion des *Neuen Forum*: fraglose Hilfe, Paul Kruntorad sogleich bereit, einige Holan-Übersetzungen in die nächste Nummer einzuschieben. Bergauf in die Mariahilfer

Straße, Hotel K., Pavel Tigrid an der Bar, Klirren der Eiswürfel und die Stimme des Radiosprechers, der den Wortlaut des Kompromisses für die Abendsendung ankündigt. Oben, im Zimmer (wessen?) Zigarettenrauch, halbleere Camparigläser und Staccato-Telephongespräche, Gesichter, Gerüchte, schwankend wie Gewölk: Josef Škvorecký soll in Frankfurt sein, Jan Grossman in Holland, Václav Havel in Nordböhmen bei einem der legalen Sender, Jiří Weiss, der Filmregisseur, in Rom; Eduard Goldstücker in Belgrad, verhaftet in Prag, Delegationsmitglied in Mexico City? Sonderbare Party: mährische Amerikaner, eine französische Kanadierin, tschechische Intellektuelle auf dem (vorläufigen) Treck nach Paris. Der Jakobson-Schüler Kučera (Professor an der Brown University, vorher Student in Prag) war drüben beim Internationalen Slawistenkongreß und wurde im slowakischen Fatra-Gebirge von den Panzern überrascht. Auf einem Rokokostühlchen sitzt, schweigend, Věra Linhartová (sie erinnert mich an eine blonde Prerauer Lehrerin, die sehr gut Tennis spielte); auf dem Boden, den Rücken gegen die Bettwand, die langen Beine auf dem Teppich ausgestreckt, Ivan Sviták (Organisator des »Klubs engagierter Parteiloser«), ausgepumpt, fast wortlos, nach einem Tag pausenloser Fernsehinterviews, Pressekonferenzen und Rundfunkansprachen. Er erinnert mich an unseren Sommer in einem schweizerischen Hochschullager im Wallis, anno 1946; er war damals Sozialdemokrat, sagt er, später Kommunist, dann aus der Partei ausgeschlossen (er ist längst wieder ein intelligenter Sozialdemokrat, aber er weiß es noch nicht). *Historisches Tableau*: Die Emigranten von 1948 und diejenigen, die zwanzig Jahre später in ähnlicher Gefahr sind, »vereint zu bedeutend tiefen Gesprächen«? Nicht viel davon: Wie in einer schlechten Komödie stolpert alle zehn Minuten ein Zimmerkellner mit einem Tablett Campari über Svitáks Beine, aber unser Gespräch rinnt rasch an die Ränder, in kleinen Wirbeln, in schweigenden Sand: Erinnerung ist nicht genug (aber Sviták sagt sehr Treffendes über den Selbsthaß des europäischen Intellektuellen). Als wir vor zwanzig Jahren Böhmen verließen, waren wir gründlich geschlagen: Die Schlinge war uns um den Hals gelegt, und als wir über die Grenze gingen, fiel es wie eine Bürde von uns ab. Um drei Uhr morgens, zweihundert Meter hinter den Grenzsteinen auf bayrischem Gebiet, im Arber Wald, rollte unser Gelächter fast donnernd durch die eisigen Stämme; und selbst als wir auf dem Dachboden der Münchner Luitpold-Kaserne auf den Koffern saßen, war uns die Welt eine offene Arena geordneter Linien. Die jetzt kommen, kennen dieses Lachen nicht: Sie haben einen Frühling lang in hektischer Hoffnung gelebt, die über Nacht splitterte; sie hegen den messianischen Mut, ihr Experiment zu Hause, und sonst nirgendwo, zu realisieren, und ihr Glaube schlägt sie mit Glück, Energie und Trauer. Später, im Taxi, gemischte Gefühle: *déjà vu*, aber auch stechendes Beneiden.

28. August – Ich habe fast den ganzen Sommer lang Heinrich Böll gelesen, Seminarvorbereitung für meine amerikanischen Studenten; ich verstehe seinen *Clown,* der den HJ-Führer im väterlichen Garten nicht vergessen kann; *der Schrecken ist im Detail.* Mein Ungeschick: daß ich die NS-Diktatur und die ersten Jahre des triumphierenden Stalinismus in den Knochen habe; das hindert mich, mit doppelter Elle zu messen. Das Pankrazer Gefängnis (1944): die volksdeutschen Wachen, die uns zum Spaß die Köpfe mit Gewehrkolben in die Klosettschüsseln stießen. Das Pankrazer Gefängnis (1949): Miroslava kam nicht, wie verabredet, in den Park, sie haben sie in der Nacht geholt, ich sehe sie hinter dem Gitter des Besuchssaales (ihre Mutter steckt ihr meinen Kassiber zu). Zu viele Trennungslinien, die mir mein Gedächtnis diktiert: ich unterscheide nicht nur zwischen Orthodoxen und Liberalen, sondern auch zwischen kollaborierenden Parteilosen und barmherzigen Parteimitgliedern;

Schriftstellern, die in der Epoche des Personenkults ihre Hymnen an die Macht deklamierten, und jenen, die damals humaner dachten und schwiegen. Günter Grass, der mit einem inkonsequent gewählten Partner über den humanen Kommunismus diskutiert, darf sich seiner Zweifelsfreiheit freuen: Im Jahre 1948 hat er gehungert, als Steinmetz gearbeitet, Prag war wie auf einem anderen Stern (auch für Böll – wie sollte er wissen, was dort geschah?) Welche wandelbaren Intellektuellen sich dort von der Macht emporspülen ließen und welche, wie Jiří Mucha, in den Katakomben lebten? Die Bewältigung der Vergangenheit ist mehr als eine deutsche Frage; sie ist allen bröckelnden Diktaturen immanent, auch der kommunistischen *(der Schrecken ist im Detail).*

Mit Richard im Café Schwarzenberg, zwei Stunden vor Abfahrt meines Zugs. Da geht doch Karel, der Shakespeare übersetzt, sagt er und grüßt. Richards Freund ist vorige Nacht über die Grenze, um seine Tochter bei Freunden zu suchen; ob er wieder zurückgeht? *Mit zähneknirschender Hoffnung*, sagt er, als ob er Kafkas Landvermesser wäre, und rührt in seinem Kaffee. In den sieben Tagen habe ich nichts Genaueres gehört.

Zu einer Literaturgeschichte Schwejks

Die weltliterarische Epoche der unschuldigen Königssöhne, der erlösungsbedürftigen Ritter, der goldengegürteten Damen in den Logen der Turnierplätze und Opernhäuser ist lange vorbei, und es sind andere Gestalten, die sich zu widerstandskräftigerem Leben vordrängen. Es sind diejenigen, die so lange im Dunkel waren, und nicht im Licht, in das sie erst unlängst traten. Der norddeutsche Till Eulenspiegel ist eine dieser Gestalten, und der tschechische Plebejer Josef Schwejk eine andere, und wenn sie auch durch ihre Lebenssphäre und Jahrhunderte getrennt sind, so sind sie doch, als literarische Figuren, durch ihre Schelmenart aneinander gebunden, und ich sehe ihre vielen Geschichten, gleichsam in einem Text zusammengefaßt, als Schelmenromane, und den spanischen *picaros* des sechzehnten Jahrhunderts nicht grundsätzlich ferne. Ob fahrender Akrobat, listiger Küchenjunge oder rheumatischer Infanterist, die Schelme agieren gegen die Großen dieser Welt und entblößen ihre Fragwürdigkeit – »denn die Verhältnisse, die sind nicht so«. Sie kehren die heroischen Tugenden in ihr Gegenteil; nicht ein aristokratisches Leben, das zuchtvolle Ideale erproben, sondern ein plebejisches Dasein, das sich gegen alle Anforderungen der Ideale erhalten will; keine rühmlichen Waffentaten auf dem Felde der *êre, stête* und *minne,* sondern dubiose Konflikte mit Pelzkrämern, Gastwirten, und Gerichtsbütteln; und wo sich die erziehungsbedürftigen Ritter auf Wolkenkuckucksfahrt nach Pendragon und Almoroul begaben, zieht es ihre plebejischen Gegenspieler in die Städte eines von kommerziellen und politischen Konflikten erschütterten Europa, ob Magdeburg oder Nürnberg, Sevilla oder Madrid, Prag oder Budweis; und wir sehen diese Städte mit ihnen, nicht von oben, sondern aus dem Blickpunkt der geplagten Leute, die sich auf den Märkten, in Kneipen und Gefängnissen oder im Bauch der Städte bewegen.

Die Literaturgeschichte Schwejks als einer fiktiven Figur, die sich über Ort und Zeit ihrer Entstehung fortdrängt, ist deshalb so lehrreich, weil sie sich uns nicht, wie im Falle Eulenspiegels, Hamlets oder gar Tristans, ins Hypothetische und Spekulative entzieht. Das erste Heft des *Schwejk*, wie wir ihn kennen, erschien Mitte März 1921, und sein Autor Jaroslav Hašek schrieb, oder besser: diktierte die Fortsetzungen, die dreieinhalb Bände füllen, in einer Dorfkneipe, ehe er im Januar 1923, mitten in der Arbeit, starb. Der ursprüngliche *Schwejk*-Text umfaßt sechs Bände, knapp zwei Drittel von Hašek, der Rest von seinem Kumpanen Karel Vaněk, aber die meisten Leser, auch die Einheimischen in Böhmen, haben sich mit dem ersten und zweiten oder gar allein mit dem ersten Band begnügt, der Schwejks Prager Abenteuer erzählt; in Brechts Handexemplar zum Beispiel sind wichtige Stellen im ersten und dritten Band angestrichen, und keine im zweiten, als ob er den gar nicht oder nur sehr flüchtig gelesen hätte. Dieses Bestimmte des Anfangs, das Offene des Fortganges und das Unbestimmte des Endes, dem das Interesse der Leser korrespondiert, reflektiert die episodische Struktur des pikaresken Romanes selbst, den der spanische Kritiker Claudio Guillén einmal mit einem Güterzug verglich – Episode nach Episode, Waggon nach Waggon, und nach einer Station kommt immer noch eine andere. Der Einfall eines westdeutschen Filmregisseurs, 1956 den Schwejk-Stoff wie ein Karussell in Szene zu setzen (Schwejk wird nach dem Krieg wieder als Radikaler im Wirtshaus verhaftet, und das Ganze beginnt von vorne), erweist sich als Versuch, dem improvisierten und ungewissen Schluß auf scheinbar sinnvolle Weise auszuweichen.

Es ist jedenfalls nicht überraschend, daß die Aufmerksamkeit der Leser sich seit jeher vor allem auf den ersten und zweiten Band des *Schwejk* konzentriert hat, denn die szenischen Episoden sind dort dramatisch gedrängter als in den späteren Bänden und rufen noch nicht den Verdacht hervor, der Erzähler probiere bestimmte Situationen aus und wiederhole sie im folgenden als Formeln; je weiter wir uns in der Lektüre fortbewegen, desto deutlicher wird die Tendenz zur handlungslosen Porträtgalerie, in der jede Gestalt, mit und neben Schwejk, unsere Teilnahme beansprucht. Im ersten und zweiten Band herrscht noch eine deutliche Originalität der Szene und des Tones, die sich später in der Repetition einer einzigen Grundsituation zu erschöpfen beginnt: Schwejk, der kleine Mann, Hundehändler und Pfeifenraucher, gerät immer wieder in Schwierigkeiten, weil er zuviel redet, und wird nach scharfen Verhören durch Polizeioffiziere, Auditoren, Militärärzte, Richter und Gendarmen jedesmal wieder nach Hause oder zu seinem Regiment zurückgeschickt, weil die Vertreter der Behörden zur allerdings notwendigen Ansicht gelangen, niemand könne, es sei denn ein wirklicher Idiot, einen so vorbildlichen Patriotismus oder eine so enthusiastische Begeisterung für den Kaiser, die Armee und die k. u. k. Monarchie bezeugen. So wird Schwejk, gleich im ersten Kapitel, wegen angeblich hochverräterischer Äußerungen vom Polizeispitzel Brettschneider verhaftet und dann, nach polizeilicher Untersuchung, prompt nach Hause entlassen; und sobald der Krieg ausbricht, und er sich freiwillig, aber mit akutem Gelenkrheumatismus (sagt er) zur Waffe meldet, wandert er als Simulant ins Garnisonsspital und dann in den Garnisonsarrest, wo seine eigentliche Karriere als »Putzfleck«, oder Offiziersdiener, ihren Anfang nimmt, zuerst beim jüdischen Feldkuraten Katz, mit dem er viele Abenteuer besteht, und später bei Oberleutnant Lukasch, den er durch sein endloses Gerede in Schwierigkeiten mit den Vorgesetzten bringt. Sie müssen dann beide die Reise nach Budweis zu ihrem Marschbataillon antreten; nur bleibt Schwejk auf einem Provinzbahnhof hängen, und da er keine Fahrkarte besitzt, macht er sich zu Fuß auf den Weg nach Budweis, allerdings nach Norden anstatt nach Süden, und wird auf seiner Wanderschaft, oder Budweiser »Anabasis«, von Feldgendarmen aufgegriffen, die ihn (wir schreiben das Jahr 1914) für einen russischen Spion halten, ehe sie ihn wieder nach Budweis abschieben, wo Lukasch ihn entsetzt in Empfang nimmt. Dann geht es, mit dem Marschbataillon, über Bruck a. d. Leitha und Budapest, in einem Viehwaggon, vierzig Mann oder acht Pferde, an die galizische Etappe und an die Front. Schwejk schließt enge Freundschaft mit dem Einjährig-Freiwilligen Marek, mit dem Vielfraß Baloun und dem Sappeur Vodička, mit dem er sich dann für sechs Uhr abends nach dem Kriege im Gasthaus zum Kelch in Prag verabredet. Darauf wird Schwejk Ordonnanz und Quartiermacher des Bataillons; er wird noch einmal von den eigenen Leuten als russischer Spion verhaftet, weil er aus Neugierde die Uniform eines russischen Deserteurs anlegt, gerät dann in russische Gefangenschaft und tritt den Marsch in die Gefangenenlager an – aber das ist genau das Kapitel, in dem die Feder Hašeks Hand entfällt und sein Freund Vaněk die weiteren Abenteuer Schwejks noch in mehr als zwei Bänden fortschreibt.

Man hat lange versucht, Schwejk autobiographisch beizukommen, denn die Lebensgeschichte seines Autors Hašek ist nicht weniger pikaresk als die Abenteuer des guten Soldaten, vielleicht sogar noch mehr. Mit dem Gedanken an die sinnvolle Entfaltung eines Schriftstellerlebens ist in seinem Falle nicht viel auszurichten, denn Hašeks Geschichte besteht aus unlösbaren Widersprüchen und Gegenzügen – so als hätte er es sich angelegen sein lassen, die Idee der Sinnhaftigkeit durch seine Existenz zu widerlegen, und jenen ersten tschechischen Kritikern, die ihn als eine Art späten Dadaisten betrachteten, recht zu geben.

Seine Vorfahren waren südböhmische Bauern, der Vater ein geplagter Mathematikaushilfslehrer, und für den jungen Jaroslav hatte man von Anfang an eine Geschäfts- und Bankkarriere im Auge. Zuerst also die Handelsakademie (nicht ein gutbürgerliches Gymnasium) und dann eine Stellung in einer Bank, aus der Jaroslav wiederholt auf romantische Fußwanderungen nach Ungarn und in die Slowakei entwich, ehe man auf die weiteren Dienste des allzu ambulanten Angestellten lieber verzichtete. Damals hatte er schon zu schreiben begonnen, sentimentale Kurzgeschichten auf naturalistische Art, deren sich die nationalen Blätter annahmen. Er kleidete sich à la Maxim Gorki, radebrechte Russisch, schlief (wenn nicht zu Hause bei Mama) in der Redaktion einer anarchistischen Zeitung oder ging wieder auf die Walze, auch nach Deutschland, das ihm mehr behagte als das heimatliche Kakanien. Seine humoristische Skizze *Bayrische Gerechtigkeit* mag den Leser heute überraschen, denn er schilderte die fünf Wochen, die er »arrestiert wegen Landstreicherei« im Amtsgefängnis von Höchstädt a. d. Donau verbrachte, als geradezu paradiesische Zeit. Der Amtsrichter nahm ihn allabendlich ins Wirtshaus mit, der Gefängniswärter sonntags auf Landpartien, und zum Schluß zahlte man ihm noch ein Arrestanten-Tagegeld, bare 50 RM. »Das nenn' ich bayrische Gerechtigkeit!« schrieb Hašek begeistert (in Böhmen ging man offenbar strenger mit ihm um).

Um das Jahr 1908 unternahm Hašek den ersten und letzten Versuch, ein guter Bürger zu werden. Er liebte Jarmila Mayerová (die eine begabte Schriftstellerin werden sollte), gab sich als konventioneller Verlobter und verdingte sich als Redakteur bei der Zeitschrift *Die Tierwelt,* Inhaber Wenzel Fuchs (nomen est omen). Seine zoologische Qualifikation bestand darin, im *Großen Brehm* blättern zu können, echte Wehrwölfe im Inseratenteil zum Verkauf anzubieten und der erstaunten Leserschaft zu berichten, daß Elefanten eine deutliche Neigung für Grammophonmusik zeigten, Tiger aber nicht. Mit der Bürgerlichkeit war es also bald aus, und Hašek sank in die Nachtcafés, Wirtshäuser und Kabaretts zurück, als Autor, Sänger satirischer Chansons und Gründer der »Partei des gemäßigten Fortschritts im Rahmen der Gesetze«, die sich »die strengere Beaufsichtigung der Armen«, die »Nationalisierung der Haus- und Kirchendiener« und die »Überführung aller Kreditinstitute in die Hände des Klerus« ins Programm geschrieben hatte. Seine »Jux-Apo« sollte den Widersinn des verknöcherten Parteiwesens entblößen.

Über Hašeks Abenteuer im Weltkrieg und seine Aktivitäten in der jungen Sowjetunion kursierten lange Zeit wilde Legenden in Prag, aber die Fakten, die fleißige tschechische Historiker aus sowjetischen Partei- und Staatsarchiven zutage gefördert haben, sind noch überraschender als jede Legende. Als der Krieg ausbrach, rückte der *Schwejk*-Autor als Einjährig-Freiwilliger ein (das heißt als Offiziersschüler) und wurde am 13. August 1915 mit der »Silbernen Tapferkeitsmedaille« dekoriert. Im Frühherbst 1915 war es dann soweit, die Russen durchbrachen die Stellungen des 91. (Budweiser) Regimentes, und Hašek nutzte die Gelegenheit, die Front zu wechseln, wie Zehntausende anderer tschechischer und slowakischer Soldaten vor ihm. Die russischen Brüder steckten ihn zunächst in ein Hunger- und Typhuslager, wo sich der glücklich Überlebende zu den tschechoslowakischen Legionen meldete, die auf alliierter Seite gegen die Zentralmächte kämpften. Es ging alles ziemlich rasch: Im Jahre 1916 erklärte er den Lesern einer tschechischen Soldatenzeitung, man müßte die Romanows auf den tschechischen Thron holen; ein Jahr später schrieb er im Sinne Tomáš G. Masaryks für die zukünftige demokratische Republik, im Februar 1918 war er unter den linken Sozialdemokraten zu finden und im März unter den Bolschewiken.

Von ihnen wurde er als Propagandist nach Samara beordert

und geriet dort prompt in die blutigen Kämpfe zwischen Bolschewiken und tschechoslowakischen Legionären, welche die sibirische Eisenbahnlinie besetzt hielten, um sich den Weg nach Westen (allerdings über Wladiwostok) offenzuhalten. Er mußte damals vor seinen eigenen Landsleuten fliehen und tat es, wie er gestand, »in der traurigen Rolle eines seit Kindheit geistesgestörten Sohns eines deutschen Kolonisten in Turkestan«. Im Oktober 1918, als in Prag die parlamentarische Republik ausgerufen wurde, war Hašek Mitarbeiter der politischen Abteilung der Fünften Sowjetarmee, redigierte rote Soldatenzeitungen und rückte im April 1920 zum Vorsitzenden des Parteiausschusses im Stabe der Fünften Sowjetarmee auf. Die Kommunistische Partei hatte sich inzwischen auch in Prag etabliert, und man wollte den erfahrenen Propagandisten nicht missen, denn man bereitete eine Generalaktion gegen die demokratische Republik vor – nur, Genosse »Gaschek« wollte nicht, er war mit seiner Redaktionstätigkeit in Irkutsk ganz zufrieden (und hatte auch seine russische Mitarbeiterin Schura, aus der aristokratischen Lwow-Familie, geheiratet, ohne ihr ein Wörtchen von Jarmila und seinem Sohn Richard im fernen Prag zu sagen). Die Prager Genossen, allen voran Antonín Zápotocký, der spätere Staatspräsident, mußten erst in Moskau vorstellig werden, ehe Hašek mitsamt Schura und falschen Papieren auf den Namen »Herr und Frau Staidl« (auch ein Genieblitz Hašeks) die Heimreise über Danzig nach Prag antraten.

Merkwürdig, wie rasch sich der »Volkskommissar«, wie ihn die nationale Presse nannte, in Prag wieder in den alten Hašek zurückverwandelte. Die kommunistische Aktion gegen die Republik war vier Tage vor seiner Rückkehr zusammengebrochen, die meisten seiner Genossen waren in Haft, und er saß buchstäblich auf der Straße, mit Schura, Jarmila und Richard, gehaßt von den Legionären als Deserteur oder gar als Hochverräter und der Polizei (nicht ohne Berechtigung) als Bigamist verdächtig. Das war der Augenblick, in dem er durch einen populären Roman in Fortsetzungen alle seine Probleme lösen zu können glaubte. Er zog in ein einsames Dorf auf der böhmisch-mährischen Höhe, um in Ruhe den *Schwejk* zu schreiben, und schrieb und trank sich dort zu Tode. Die dörflichen Mitglieder des nationalen Turnvereins (zeitlebens die Zielscheibe seines Spottes) trugen seinen Sarg.

Hašek wäre, wenn er könnte, sehr erstaunt, daß er heute im Pantheon seines Volkes wohnt, gleich links neben Smetana und Janáček, gerühmt als weiland Sprecher des breitesten Volkes von der bis 1989 regierenden ordnungsliebenden Partei. Volkstümlich war er ja immer, soweit ich mich erinnern kann, aber sein »Volk« waren zuerst die Studenten, Literaten und Intellektuellen, die das plebejische Idiom seiner Romanfiguren sozusagen als Sprach-Kaviar schätzten. In den Prager Cafés Mánes oder Slavia, wo die Prager Spätsurrealisten und Frühstrukturalisten beisammensaßen, galt es als höchstes Zeichen literarischer Bildung, den Tonfall Schwejks nachzuahmen oder aus seinen Abenteuern zu zitieren, so wie man früher aus der Bibel zitiert haben mochte. War ein politischer Verlust ironisch zu beklagen, sagte gewiß jemand: »No, jetzt habens' uns den Ferdinand d'erschossen« (so Schwejks Zimmervermieterin am Morgen nach dem Attentat von Sarajewo); und wenn es sich darum handelte, jemandem einen dubiosen Wunsch zu erfüllen, fand sich bestimmt einer, der sagte: »Alsdann geben S' ihm zehn Deka Hanföl, aber Nro. drei« (so Herr Pollak zum Kommis, als Schwejk geweihtes Öl, aber vom Bischof, für seinen Feldkuraten kaufen will).

Die wesentlichen Fragen über Hašeks Schwejk bezogen sich seit jeher auf seine Politik, aber seine eigenen Worte, oder wie Brecht sagte, »sein klassisches Geblödel«, geben uns wenig Auskunft. Wir wissen nie genau, ob der allzu gute Soldat seine Dummheit nur vortäuscht, um zielbewußt gegen Heeres- und

Machtapparat zu arbeiten, oder ob er seiner Natur nach wirklich ein sanfter Idiot ist, dessen Torheiten, zu seinem und unserem Glück, gelegentlich als privater Widerstand ausgelegt werden. Ist er ein listenreicher Odysseus, der mit vorgetäuschtem Schwachsinn gegen die Habsburgermonarchie konspiriert, oder ein friedlich lächelnder Dummkopf im mechanischen Getriebe der Macht? Hašek gibt uns leider nicht die Möglichkeit, diese Frage mit Gewißheit zu beantworten; er ist ein improvisierender Schriftsteller und neigt in seinen Heftchen von 1921–1923 nicht dazu, eine dieser Charakteristiken vorzuziehen. Die Erzählerperspektive ist im großen und ganzen behavioristisch orientiert, das heißt, er schildert uns Schwejk von außen, ohne auf seine unausgesprochenen Gedanken oder Emotionen einzugehen. Der genaue Leser findet dennoch zwei oder drei Stellen, in denen Hašek die bewußte Verstellungstaktik Schwejks zumindest impliziert. Oberleutnant Lukasch weiß nicht ein noch aus, »Mensch«, sagt er, »Sie sind entweder ein raffinierter Bösewicht oder ein ganz großes Kamel«, aber Schwejk blickt ihn und andere, jedesmal »aus gutmütigen und unschuldigen Augen an, aus denen Sanftmut und Frieden strahlen«, und sein lächelndes Gesicht verrät den Gleichmut einer tiefen Sympathie mit der Welt, so wie sie ist; und wenn ihn die Militärärzte anbrüllen, »Schwejk, Sie sind ein Idiot«, antwortet er hochzufrieden mit sich selbst, »melde gehorsamst, ich bin ein Idiot«. Der Erzähler nennt ihn sein Lämmchen, aber andere Partien verlangen nach einer anderen Deutung, so zum Beispiel eine Schlüsselpassage über Schwejk im Garnisonsgefängnis. Der brutale Provost fällt dort seinen leitmotivisch sanften Blicken zum Opfer, glaubt an Schwejks Ehrlichkeit und Aufrichtigkeit, aber der Erzähler selbst beharrt in einem seiner raren Kommentare darauf, daß der Provost sich irrt; Schwejk wäre demnach doch ein listiger Patron, der diesen, und dann wohl auch andere, willkürlich und bewußt in die Irre führt. Er kann jedenfalls sehr gut schauspielern; als der Feldkurat Katz die Frage stellt, warum er nach seiner Predigt öffentlich geweint habe, meint Schwejk treuherzig, die schöne Predigt habe geradezu nach einem bekehrten Sünder verlangt, und er wird für diese Schauspielerei vom Feldkurat Katz prompt belohnt, indem er ihn als Offiziersdiener in Stellung nimmt.

Schwejks charakteristische Taktik ist es, auf die Forderungen der Welt bereitwillig einzugehen, und diese Welt dabei als Unwelt zu enthüllen. Seine Bereitschaft, Worte, Handlungen und Diktate der Gegenspieler wörtlich zu akzeptieren, wird zur stechenden Herausforderung, die den ahnungslosen Partner dazu aufreizt, sich in unrettbarer Torheit aufzuplustern. Schwejk sagt auf seine Art immer »ja« statt »nein«, und der Widersacher führt sich, gerade durch solche Bestätigung, ad absurdum. Schwejks Zustimmung hat, wie in der Satire Swifts, eine heuristische Funktion; sie zwingt den Gegenspieler dazu, sein Unwesen, sichtbar und grotesk, zu entfalten, oder sie funktioniert gar, in Schwejks Konflikten mit der Militärbürokratie, als *résistance* ohne Widerstand; das Sicheinlassen entlarvt die üble Realität. Sobald sich Schwejk in einer bürokratischen Falle befindet, auf der Polizei, im Garnisonsgefängnis oder im Irrenhaus, stimmt er mit schöner Regelmäßigkeit ein Lob der Falle an und findet sich dann bald aus ihr befreit.

»Heutzutag ist es eine Hetz, eingesperrt zu sein«, fuhr Schwejk wohlgefällig fort, »kein Vierteilen, keine spanischen Stiefel, Kavalletts hamr, einen Tisch hamr, Bänke hamr, wir drängen uns nicht einer auf den andern, Suppe kriegen wir, Brot geben sie uns, einen Krug mit Wasser bringen sie uns, den Abort hamr direkt vorm Mund. In allem sieht man den Fortschritt. Bisserl weit is es zum Verhör, das is wahr, über drei Gänge und ein Stockwerk höher, aber dafür is es auf den Gängen sauber und lebhaft. Da führt man einen her, den andern hin, Junge,

Alte, Männer und Weibsbilder. Man is froh, daß man hier nicht allein is. Jeder geht zufrieden seines Wegs und muß sich nicht fürchten, daß man ihm in der Kanzlei sagt: ›Also wir ham uns beraten, und morgen wern Sie gevierteilt oder verbannt, je nach Wunsch.‹ Das war sicher ein schwerer Entschluß, und ich denk, meine Herren, daß mancher von uns in einem solchen Moment ganz getepscht wär. Ja, heutzutag ham sich die Verhältnisse zu unsern Gunsten gebessert.«

Die Bürokraten haben keine andere Wahl, als auf diese freundlichen Hymnen mit einer Demonstration ihrer Paragraphenwürde zu antworten, die eben zeigt, wie hilflos sie sind, und Schwejk, mit gleicher Regelmäßigkeit, als »amtlich beglaubigten Idioten« zu entlassen.

Es ist nicht einfach, das politische Bewußtsein Schwejks zu verteidigen, denn er erfährt sein Leben, wie es schon die spanischen Schelme des sechzehnten Jahrhunderts tun, als eine Kette von Fällen und Unfällen, projiziert sein Erfahrungsprinzip in die Welt, und die ganze Welt wird ihm zu einem Konglomerat von Episoden, isolierten Vorgängen, Details, Einzelheiten. Das zusammenfassende und abstrahierende Begreifen ist seine Sache nicht, und um sich zurechtzufinden, hat er nichts als vorgeprägte, isolierte Verhaltensregeln des Alltags, die er sich zur Aufmunterung zitiert. »Irren ist menschlich; das menschliche Leben ist wie ein Kinderhemd« – das sind schon die Höhepunkte der Abstraktion, und der Schelm, ob Schwejk oder seine spanischen Vettern, holt diese Leitsätze hervor, wo es die Gelegenheit erfordert, und gefällt sich in Beispielen, Anekdoten, Illustrationen, Erinnerungen und *short stories* der prägnantesten Art, die den Merksatz rasch überwuchern. Merkwürdig, wie der spanische Guzman de Alfarache (1599) und der Prager Schwejk (1922) ihre Erfahrungen, die das Zusammenhangslose verbinden, in analoger Episodik formulieren: Guzman liebt es, in seinen pikaresken Kapiteln Anekdoten zu erzählen (»eh ichs vergeß ...«), erinnert sich an Interessantes (»ich erinnere mich, daß in G. ein Bauer war ...«) und begnügt sich als echter Vorläufer Schwejks, von seinen exemplarischen Bekanntschaften zu plaudern: »Ich kannte einen Richter, der ... Ich kannte jemand, der ... Ich kannte in Sevilla einen Mann, der ...« Für Schwejk ist diese Art der episodischen Erfahrung geradezu zu einem konstitutiven Mechanismus geworden, und er bedrängt seine Hörer in Gefängnissen, Wirtsstuben und Irrenanstalten mit formelhaften Geschichten, in deren Eingang der Name eines Prager Bezirks oder eines böhmischen Provinznestes ebenso charakteristisch ist wie Berufsbezeichnung und Familiennamen: »Am Prager Zderaz lebte ein Klempner namens Vejvoda, der ... In Maleschitz lebte ein Gastwirt, der ... Ich kannte einen Schnaps-Destillateur in Lieben, der ...« Diese Schelme sind instinktive Verbündete Wittgensteins. Auch ihre Welt ist nur das, was der Fall ist.

Der Widerhall der *Schwejk*-Hefte war zuerst nicht überwältigend, zumindest nicht bei allen Kritikern und der literarischen Elite, und man vermochte im Laufe der Jahre deutlich zu beobachten, wie sich die freundliche Linke, die skeptischen Liberalen und die abweisende Rechte in ihren Urteilen unterschieden, zumindest in ideologischer Hinsicht. Von Anfang an war die Linke eher bereit, Schwejk aus vielfältigen Gründen als einen der Ihren zu verteidigen, während man auf der Rechten die nationale Gewissensfrage stellte; wie denn Schwejk den Anspruch erheben könne, das eben befreite Volk der Republik als Typus zu repräsentieren. Man war allerdings auch auf der Linken nicht einer Meinung oder nicht immer der gleichen; der bedeutende Romanautor Ivan Olbracht rühmte als erster tschechischer Kritiker die Radikalität Hašeks, der darin Karl Kraus noch übertreffe; und er meinte, es käme gar nicht so sehr darauf an, ob Schwejk ein wirklicher oder simulierender Dummkopf sei, denn Hašek hätte in ihm einen neuen weltliterarischen Typ vom Range eines Hamlet oder Oblomow geschaffen. Bedřich Václavek wieder, der später den Trotzkisten nahestand, lobte Hašek als großen volkstümlichen Schriftsteller, der das Kriegsgeschehen »in ein großes historisches Dada« verwandle. F. X. Šalda, der berühmte Literaturessayist jener Epoche, nannte *Schwejk* ein »todtrauriges Buch«, der Einzelne kämpfend gegen eine »riesige Macht«, fügte aber hinzu, Schwejk ermangele jener »Bewußtheit und Allgemeinheit«, die ihn als Helden zu qualifizieren vermöchten. Auf der Rechten machte man weniger Federlesens. Viktor Dyk, ein patriotischer Traditionalist, nannte Schwejk einen »Drückeberger aus Prinzip« und warnte, in einiger Einsicht kommender Dinge, davor, Schwejk unter veränderten geschichtlichen Verhältnissen immer noch als beispielhafte Figur zu sehen: »eine Nation, die kämpfen konnte, aber nicht kämpfen will, ist schlechter daran als eine Nation, die gewillt ist zu kämpfen, wenn sie auch unzureichende Kräfte hat«. Der Literaturhistoriker Arne Novák war einfach angewidert und verdammte Schwejk, als ob er Hašeks Tirade gegen alle egoistischen Offiziersdiener in Kapitel 14 ganz genau gelesen hätte, als feigen und unappetitlichen August, der bloß seine »stinkende Haut aus dem Weltmassaker rettet«.

Die *Schwejk*-Aufsätze des tschechischen Kritikers und Schriftstellers Julius Fučík, der früh der kommunistischen Partei angehörte und später von der Gestapo ermordet wurde, sind deshalb von Bedeutung, weil sie die ganze Skala der möglichen Interpretationen zeigen, links von der Mitte und chronologisch verstreut über die zwanzig Jahre der republikanischen Unabhängigkeit. Fučíks erster Aufsatz von 1926 kombiniert die Gedankenmotive seiner linken Zeitgenossen: Er vergleicht Schwejk mit unvergeßlichen Gestalten der Weltliteratur, zum Beispiel Sancho Pansa und Sam Weber aus Dickens *Die Pickwicker*, die Hašek ganz besonders gerne las, und besteht zuletzt darauf, den Roman doch in die Dada-Tradition zu schieben. Drei Jahre später antwortet Fučík auf die patriotischen Angriffe Viktor Dyks gegen Schwejk und verteidigt ihn, den Anti-Bourgeois, wenn auch halben Herzens, als »internationalen Typus des Soldaten in allen imperialistischen Armeen« (Piscator hat eben seine antimilitärische Version in Berlin aufgeführt). Fučík sieht Schwejk als »unrevolutionären kleinen Mann«, als »halbproletarischen Kleinbürger, der beim Militär unmittelbar mit der Maschinerie des kapitalistischen Staates Bekanntschaft macht«. Schwejks Widerstand aber hat seine Grenzen, »er hat nicht genug Kraft, und vor allem verfügt er nicht über genügendes Wissen, um im offenen Kampf aufzutreten«. Angesichts des triumphierenden Nationalsozialismus, zehn Jahre später (1939), versucht Fučík den guten Soldaten und seine Volkstümlichkeit als potentiellen Verbündeten gegen die neue Macht zu mobilisieren, allerdings mit kleinen kosmetischen Korrekturen. Die politische Notwendigkeit erhebt sich über den Text, und Fučík behauptet nun, Schwejk zersetze »mit seiner Parodie auf den Gehorsam und mit seinem volkstümlichen Humor ... den mit Mühe ... konstruierten Mystizismus der reaktionären Macht«; und, das ist die Frage, gehe »in die Richtung einer immer größeren Bewußtheit. Man spürt geradezu, wie Schwejk in einem bestimmten Augenblick ernst wird.« Schwer nachzuweisen; Schwejk ist nicht Charles de Costers Ulenspiegel, der im ersten Band Schabernack treibt und schon im nächsten als Geuse oder Partisan gegen die spanischen Okkupanten kämpft – schön wär's, aber *den* Gefallen tut uns Schwejk nicht.

Es waren vor allem die Prager deutschen Literaten, die sich längst den schwierigen Brückenschlag zwischen den Völkern zu ihrer wesentlichen Aufgabe erwählt hatten, und die Übersetzerin Grete Reiner, die Schwejks pikareske Reise aus der Enge der böhmischen Verhältnisse auf die Bühne der Internationalität förderten. Kafkas Freund Max Brod, der Entdecker Janáčeks, war einer der ersten, die Hašeks Roman, noch vor der Übersetzung, in deutscher Sprache rezensierten, und ihm folgten dann, in Berlin selbst, der Prager Willy Haas und Kurt Tucholsky, der sich in einem langen und zuweilen kritischen Aufsatz in der vielgelesenen *Weltbühne* mit *Schwejk* beschäftigte. Erwin Piscator, der Pionier des deutschen experimentellen Theaters der Weimarer Republik, setzte sich wie im Sprung über alle Einwände hinweg und führte eine dramatisierte Version des Textes auf, an der auch Bertolt Brecht und George Grosz, jeder auf seine Art, mitarbeiteten. Das Ergebnis war ein theatergeschichtliches, wenn nicht technologisches Ereignis erster Ordnung, denn Piscator zeigte Schwejks Fahrten auf einem sich immer bewegenden Rollband, mit großen Marionetten und einem satirischen Trickfilm. Max Pallenberg als Schwejk und Szöke Szakall und Oskar Sima in Nebenrollen sind vielen Zeugen bis heute noch im Gedächtnis. In den Jahren des Exils hing der Kriegsgegner Piscator weiterhin an seinem Hašek-Lieblingsprojekt; von Paris aus korrespondierte er mit Brecht über die Möglichkeiten einer Filmversion, die allerdings nicht recht fortschreiten wollte, und als er später entdeckte, daß Brecht, ohne ihm etwas zu sagen, sein eigenes aktualisiertes *Schwejk*-Stück geschrieben und mit Kurt Weill und Hanns Eisler über die Musik verhandelt hatte, ging eine alte Freundschaft in die Brüche, für immer. Peter Lorre oder Charles Laughton waren von Brecht für die Titelrolle in seinem *Schwejk* vorgesehen, Lotte Lenya als die Wirtin; aber George Grosz, der immer davor warnte, die Möglichkeiten einer *Schwejk*-Adaption in Amerika zu überschätzen, behielt leider recht, und Brechts Text wurde erst nach seinem Tode vom Polnischen Armeetheater in Warschau uraufgeführt (1957), ehe ihm die Frankfurter Aufführung (1959) die westdeutschen und andere Bühnen zumindest für die nächsten zehn oder fünfzehn Jahre öffnete.

Brechts *Schwejk*-Stück, unmittelbar nach der Schlacht von Stalingrad im Frühling 1943 in Santa Monica in Kalifornien geschrieben, ist ein merkwürdiger Text, in dem die Notwendigkeit, der Quelle zu folgen, und Brechts dramatische Neigungen in Konflikt geraten. Brechts Theaterstück ist, im Sinne seiner eigenen epischen Theorie, weniger episch als das Piscator-Unternehmen, denn Brecht verzichtet, in der Mehrzahl der Bilder, auf pikareske Irrfahrten und Distanzierungen, die eben das Laufband gefordert hatten, und konzentriert die Geschehnisse im Wirtshaus zum Kelch und auf andere Prager Schauplätze, die mehr oder minder – auf Drittes Reich zurechtgetrimmt – dem Szenarium des ersten Hašek-Bandes entsprechen. Brecht hat die Frage nach einer Handlung eher umgangen als gelöst; den Rahmen, oder das Gerüst, bilden drei groteske Szenen in den höheren Regionen, in denen Hitler die dreifache Frage stellt, ob »der kleine Mann« zu ihm steht, für ihn kämpfen und, zuletzt, ihn »herausreißen« wird; die szenische Füllung sucht dann, in fast katechismusartiger Vereinfachung, die Antwort Schwejks auf diese Fragen zu geben. Schwejk wird, wie bei Hašek, gleich am Anfang verhaftet, aber bald entlassen, weil sich Gestapo und SS in die Haare geraten, und weil er dem Scharführer einen schönen Hund für seine Frau verspricht. Schwejk organisiert dann, wie einst, den Hundediebstahl (das Ergebnis dient allerdings dazu, seinen ewig hungrigen Freund Baloun zu einem saftigen Stück »Pferdefleisch« kommen zu lassen), und nachdem beide ihrer Arbeitspflicht als Waggonschieber auf dem Prager Güterbahnhof nachgekommen sind, taucht Schwejk, ausgerechnet als deutscher Landser, an der Ostfront auf, wo er einiges Gute stiftet, indem er zwei Soldaten rät, wie man am besten zum Feinde desertieren könne, eine russische Bauernfamilie in Schutz nimmt und dafür »als Slawe« den Segen einer alten russischen Bäuerin empfängt. In Schneewehen begegnet er Hitler selbst, der nicht vorwärts noch rückwärts kann (vorne stehen die Russen und hinten das deutsche Volk); und während Hitlers verzweifelte Gesten in »einen wilden Tanz« übergehen, nehmen die Schauspieler die Masken ab und singen das heraklitische Lied von der fließenden Moldau: »Es wechseln die Zeiten, da hilft keine Gewalt«.

Das öffentliche Streitgespräch über Brechts Stück, vor allem nach der Frankfurter Aufführung von 1959, konzentrierte sich hartnäckig, und wie es nicht anders zu erwarten war, auf das Politische, und dabei wurde die erste Frage, ob und wieweit man »Gruselmärchen« mit der historischen Realität vergleichen dürfe, kaum gestellt. Die prominenten Theaterkritiker der Bundesrepublik waren sich darüber einig, daß Brechts Stück »die Macht des Bösen aus der Wirklichkeit eliminiere« (so Schwab-Felisch), den »Triumph des Komödiantischen über die historische Richtigkeit bedeute« (Georg Hensel) oder uns auch über die SS in uns selbst »hinwegamüsiere«, wie kein Geringerer als Jürgen Habermas bemerkte. Ich finde es, nach so vielen Jahren, eher bedenkenswert, daß Brecht, indem er sich an einer seiner Lieblingsfiguren festhält, zum Epigonen seiner selbst wird. Der Szenenkonfiguration im Wirtshaus zum Kelch liegt die Kantine der Witwe Begbick in *Mann ist Mann* zugrunde; der junge Procházka, den die Witwe auf die Probe stellt, funktioniert wie Fairchild (obgleich in dieser Version alles mit einem Happy-End ausgeht), und Frau Anna Kopecká, die eigentliche positive Heldin des Stückes, die sich gegen die SS-Leute zur Wehr setzt und Radio Moskau hört, kombiniert, als Gestalt, Witwe Begbick und ihre dialektische Trauer über die Vergänglichkeit aller Dinge (sie singt auch alle die Chansons, die an ihre Lieder in *Mann ist Mann* erinnern) mit Mutter Courages Härte und Selbstironie, und die heißt ja auch Anna und stammt aus dem Böhmischen – nur eben gehören die Witwe Begbick und Mutter Courage in Brechts Entwicklung den frühen zwanziger und den späten dreißiger Jahren an, und Brecht wiederholt sich also, im Stück von 1943, noch einmal. Es ist eine ganz andere Frage, ob Brecht nicht gerade in den grotesken Podiumsszenen in den höheren Regionen und in Schwejks Begegnung mit

Hitler ein radikales Theater des Antitheatralischen vorwegnimmt, wie es sein Schüler Heiner Müller eben in den fünfziger Jahren zu entwickeln beginnt. Von der Szene über Schwejks Begegnung mit Hitler im Schneegestöber bis zu dem Stalingrad-Marionetten-Panoptikum Müllers in *Germania Tod in Berlin* ist nur ein kleiner Schritt.

Die politischen Gedanken, die Brechts Stück aufwirft, scheinen der Geschichte anzugehören, aber die Geschichte der einen ist nicht die Geschichte der anderen, und in Hašeks Heimat steht Schwejk immer noch zur Diskussion wie eh und je. Das Streitgespräch über die Möglichkeiten des aktiven und passiven Widerstandes hat nicht aufgehört, einige fundamentale Fragen aufzuwerfen. An den deutlichen und traumatischen Wendepunkten der modernen tschechischen Geschichte – der Zeit der Münchener Verträge 1938 (da sich die Armee der Republik kampflos aus den Grenzbefestigungen zurückziehen mußte), dem März 1939, als deutsche Truppen das Land besetzten, oder dem Februar 1948 und August 1968 – behaupteten die einen, der aktive Widerstand müsse sich an der unbeugsamen Tradition der Hussiten und ihres kühnen Befehlshabers Žižka von Trocnov entzünden (ich erinnere mich noch sehr genau daran, wie Prager Straßendemonstranten die alte Hussitenhymne sangen); und die anderen wieder sagten, es wäre viel besser, nur so zu tun als ob und, ganz in der Art Schwejks, die kleinen Listen des Alltags gegen die Herrschenden zu nützen. In der Praxis ergeben sich dann ironische Verkehrungen; während die linke Tradition darauf besteht, Schwejk als Anti-Monarchisten, Anti-Bürger und Anti-Faschisten zu begreifen, mag man ihn anderswo anders lesen. In der Bundesrepublik Deutschland setzte Heinrich Böll die alte linke Tradition fort, indem er Schwejk in sein »Raritätenkabinett der wahren Nichtsoldaten« aufnahm. Es kommt heute darauf an, wer den *Schwejk* liest, und mit welchem Machtapparat vor Augen. Der ältere und gewitzigte

Brecht jedenfalls empfahl ihn den Angehörigen der ostdeutschen Nationalen Volksarmee zur bildenden Lektüre, und ich frage mich, wie es kam, daß Hašeks Buch in der DDR der fünfziger und sechziger Jahre ein Bestseller war, ganz ohne amtliche Tiraden und nur von Mund zu Mund bekannt. Immerhin wurden damals mehr als hunderttausend Exemplare verkauft, mehr als in jedem anderen Land.

Ich will die Wirkung Hašeks und seines guten Soldaten nicht vereinfachen, indem ich mich auf das augenfällig Politische beschränke. Es gibt noch eine andere Wirkung des Romans, die viel schwerer zu beschreiben ist, weil sie sich an der Grenzlinie zwischen dem Linguistischen und dem Gesellschaftlichen bewegt und in jeder Sprache neu definiert werden müßte. Selbst die politischen Widersacher Hašeks haben einzusehen gelernt, daß er im Idiom Schwejks die plebejische Volkssprache in das Hörbare des Literarischen erhob und Entscheidendes dazu beitrug, die tschechischen Schriftsteller vom Diktat der *Elite*-Schriftsprache zu befreien, die sich lange vom lebendigen Gespräch entfernt hatte. Die Redewettbewerbe im rollenden Viehwagen zwischen Schwejk und seinem Freund, dem gebildeten Einjährig-Freiwilligen Marek (hinter dem sich Hašek selbst verbirgt), zählen, aus sprachlichen Gründen, zu den erfindungsreichsten Passagen des Buches – der eine will den anderen nicht zu Wort kommen lassen, denn beide, Autor und Figur, sind geborene Redner, Schwejk spricht so, wie die Leute reden, und der Einjährig-Freiwillige parliert ein wenig literarisch daher; es ist eine Sprachkomödie ersten Ranges, welche die inneren Konflikte der tschechischen Literatursprache, und nicht nur dieser, parodistisch illustriert und heute, wie eh und je, in der Prosa Bohumil Hrabals und Josef Škvoreckýs fortlebt. In der Geschichte vom internationalen Ruhm Hašeks gebührt aber der Prager Übersetzerin Grete Reiner ein heroischer Ehrenplatz, denn sie hat einen linguistisch komplizierten Text ins Deutsche übertragen (*Die Abenteuer des braven Soldaten Schwejk während des Weltkrieges*, 1926/27) und greift dabei auf das Prager Kleinbürgerdeutsch zurück, das sie in den zwanziger Jahren noch im Ohr hatte, mitsamt der doppelten Verneinung (»Ich weiß von keinem Koffer nicht«), den problematischen Präpositionen (»auf's Caféhaus hat er Geld«) und den abenteuerlichen syntaktischen Konstruktionen. Diese merkwürdige Prager Lokalsprache hat, wie Hans Mayer beobachtete, ihre Folgen auch in der deutschen Literatur. In Brecht lebte, unter seinen vielen Naturen, eine echte Schwejk-Natur, aber sie war lange sprachlos, und Andreas Kragler aus *Trommeln in der Nacht*, ein Augsburger Schwejk mit Stummelpfeife, sprach, wenn es darauf ankam, noch in den rhythmischen Zeilen des ererbten Theaterexpressionismus. Die Mutter Courage und der georgische Azdak sprechen schon ganz anders, und ihnen hat Jaroslav Hašek die Zunge gelöst, als ob das Befreiende Schwejks in der Sprache läge, mehr als anderswo.

Schwierige Rückkehr

»Als der Schnellzug über die Smichower Brücke fuhr (welche die Strecke vom Westen in den Prager Hauptbahnhof leitet), sah er vom Gangfenster die Mauern und das Felsengefälle des Vyšehrad, und er dachte, wenn ich mich jetzt umdrehe und durch das Abteilfenster blicke, muß ich den Hradschin sehen, und da erhob sich auch schon die Burg und der Veits-Dom, wie immer, aber doch dunkler und dünner, als er erwartet hatte, der Vyšehrader Vorstadtbahnhof, eine Ruine, bewegte sich draußen vorbei, und die Räder stampften durch einen Tunnel in die alte Halle aus Eisen und Glas, die ihm plötzlich arm und kahl schien.« Das schrieb ich am Abend meiner Rückkehr nach Prag in ein dickes Notizbuch, das ich mir vorsorglich mitgenommen hatte, aber schon am nächsten Vormittag lachte ich darüber, wie sich das alles in würdigen Lesebuchsätzen zur Erzählung vom alten Professor ordnete, der die Stadt als Student verlassen hatte und jetzt die Ereignisse, auch die, die sich noch gar nicht ereignet hatten, zu einer kleinen sentimentalen Novelle stilisieren wollte. Zum letzten Male Literatur! Der Grenzübergang Cheb (Eger) war eher grotesk gewesen; eine Reisende, die am Fenster lehnte, sagte, »ich dachte, mich trifft der Schlag, wenn ich hier einmal zurückkehre«, und sogleich erschien, wie von ihren Worten herbeigerufen, eine stämmige Krankenschwester in gestärkter Uniform auf dem Bahnsteig und schritt neben dem Zug, mit einem Instrumentenkoffer in der Hand, ernst auf und ab, als sollten die Heimkehrer in ganzen Trauben aus dem Zug fallen. Ein Bataillon grünuniformierter Grenzer (mit dem Wolfshund im Wappen) schwärmte aus, um den Zug zu kontrollieren, und als der Kapitän grimmigen Gesichts (ein guter Kader) meinen US-Paß mit dem Geburtsland »Czechoslovakia« sah, drückte er seinen Stempel in mein Visum, verließ das Abteil wie im inneren Stechschritt, während mir ein Leutnant, der die Uniform mit *Adidas*-Schuhen kombiniert hatte, mit einem schwejkschen Augenaufschlag ein Zollformular in die Hand drückte und hinzufügte, das sei alles nicht so wichtig.

Nachdem ich im Jahre 1949 mit Hilfe eines ortskundigen Boy-Scouts (die Organisation war damals schon verboten) mit H. und einer Studentengruppe durch den Böhmerwald geflüchtet war, träumte ich noch jahrelang von der Flucht (einer hatte eine neue Lederjacke an, die knarrte im stillen Wald, und an einer Wegkreuzung mußten wir uns alle flach ins Unterholz werfen, weil unser Scout die Grenzer zu hören glaubte). Jetzt ging ich, mehr als vierzig Jahre später, wieder über den Wenzelsplatz, die Märzsonne schien, ich war mitten drin und sah doch alles wie hinter einer Glaswand. Die Menschen sahen so ganz anders aus, Passanten in schlechten Jeans und Freizeitjacken, die jungen Mädchen blaß, mit fast durchsichtiger Haut, zu viele Männer mit Bierbäuchen über dem Gürtel. Meine Mutter hatte immer, besonders wenn sie reiste, über »Platzangst« geklagt, und die fühlte ich, in der unverständlichen Fremdheit der Menge und der Häuser, die sich, wie die Kulissen eines alten Ufa-Filmes, gegen mich drängten. Ich suchte Zuflucht in einem Hotel, in der alten »Goldenen Gans«, aber ich wußte nicht, was ich sagen sollte, in welchem Idiom bestellt man, nach vierzig Jahren, eine Tasse Kaffee? Der ungerührte Kellner erkannte gleich, daß ich aus dem Westen kam, denn ich trug ein Jackett und einen Schlips, ich sagte »Prosím« (Bitte) und »Děkuji« (Danke), und rührte verzweifelt in dem zähen Kaffee (gemahlene Bohnen und heißes Wasser), der, das sollte ich noch lernen, in der ganzen Republik so serviert wurde.

Mir fehlte auch, sobald ich den Mund aufmachte, die neuere Intonation der Landessprache, ein singender Tonfall, der früher das Idiom der Vorstädte gewesen war und nun, nach dem Dahingehen der alten Bourgeoisie, ins Innere der Städte vorgedrungen war. Nur die alten Frauen, die in den vielen alten Staatsinstitutionen Dienst als Pförtnerinnen taten, waren (während die Kanonenöfchen glühten) von fast mütterlicher Freundlichkeit, wenn sie mich mit der längst antiquierten Gymnasial- und Bürgersprache reden hörten, die von ihrer Kollektivgeschichte unberührt geblieben war.

Ich sagte mir auf meinen Spaziergängen, daß es höchste Zeit sei, endlich gerührt zu sein (wie der Heimkehrer in der Fiktion), und ertappte mich dabei, daß ich geradezu darauf lauerte, mich endlich menschlich und mit Tränen in den Augen zu finden. Die Tränen kamen, aber in einem ganz unverhofften, fast komischen Augenblick. Ich war zum Hradschin emporgestiegen, um wieder an der kleinen Mauer des Burgplatzes zu stehen und in den gekräuselten Rauch über den geschachtelten Dächern zu sehen, wo er seit jeher hingehörte (nur der Fernsehturm war neu). Touristen überschwemmten, in ihren Gruppen, die inneren Burghöfe, Japaner, Italiener und slowakische Schulklassen, und plötzlich öffneten sich die Fenster, in ihnen erschienen festlich gekleidete Bläser, die auf einen Dirigenten warteten, und da war Präsident Havel, in einem blauen Anzug und einer rötlichen Krawatte, die zu seinem Haarschopf paßte, mit seiner Entourage (einer in Lederjacke, mit einer US-Fahne auf dem Rücken). Er bahnte sich einen Weg durch die Menge und postierte sich in der Nähe des Burgtores. Polizisten in Zivil versuchten, einen breiteren Durchgang zu schaffen, denn es war Schlag zwölf, und die Burgwache sollte aufmarschieren. »Prosím Vás, lidičky, couvněte, tady se bude cvičit« (Bitte schön, liebe Leute, wir brauchen ein wenig Platz, wir müssen hier üben), sagte einer der Beamten, und jetzt stand mir endlich das

Wasser in den Augen, nicht aus Patriotismus, sondern weil ich den Ton des Polizisten verstand; er genierte sich ein wenig, Ordnungshüter zu sein, und wollte seine Pflicht tun, ohne den Leuten ihr Recht auf Neugier zu schmälern. Ich erinnerte mich an andere Zeiten, an andere Polizisten; im Februar 1948, am Tag des kommunistischen Umsturzes, war ich unter den zweitausend Studenten, die zur Burg marschierten, um Eduard Beneš, den Präsidenten, daran zu hindern, die kommunistische Regierung zu akzeptieren, und wir gerieten damals, weil wir dumm genug waren, die enge Nerudagasse hinaufzugehen, zwischen die Polizei und die Schläger der Partei-Arbeitermilizen. Heute war alles anders; hier und jetzt begann das neue Kapitel der böhmischen Geschichte, ich wischte mir die Augen trocken, und da kam auch schon die Burgwache anmarschiert, und es zeigte sich, daß es nur eine Generalprobe war. Präsident Havel hatte, als erfahrener Theaterregisseur, neue Uniformen entwerfen lassen, vom Designer Theodor Pištěk jr. (der Senior war einmal ein berühmter Filmschauspieler im Väterfach gewesen), und die Jünglinge sahen auch danach aus, wie das Ballett aus dem Broadway-Musical *The Music Man.* Wir klatschten alle Beifall, und die Bläser in den Fenstern besorgten die Musik.

Man hat also den »Königsweg« restauriert, den die böhmischen Herrscher von der Altstadt über die Karlsbrücke zum Hradschin hinaufschritten, und das ist auch der Weg der Touristen und der ausländischen Valuta. Alles wie aus dem architektonischen Ei gepellt, aber rechts und links, Nord und Süd, bröckelt die Stadt vor sich hin. Man bewegt sich straßenlang unter primitiven Bretterverschlägen, die den herabfallenden Putz und die Simsfragmente auffangen, und die »Sídliště«, die mächtigen Wohnstädte an der Peripherie (genau dort, wo die ersten Bronzezeitmenschen in der Prager Gegend hausten) sind aus billigen Fertigteilen gebaut, die Balkone verwittern, die Namensschilder sind zerfetzt; die Mieter nennen diese Schlafstädte, den einstigen Stolz der Arbeiterklasse, ihre »Karnickelställe«. Das Geheimnis liegt darin, daß die Fassaden der Prager Häuser, ob Fertigteile oder Renaissance, nichts über ihr Inneres verraten. Das Äußere verrottet, aber die Zimmer, die Wohnungen sind rein und erfindungsreich, die Menschen haben sich privat eingerichtet, ihren eigenen Geschmack erhalten und verteidigt, die älteren mit Nippes und alten Teppichen, die jüngeren mit Bücherwänden, Graphik und elektronischen Musikmaschinen, so oder so erworben.

Die neue Sitte will es, daß man Wohnungen nicht in Straßenschuhen betritt, man läßt sie im Vorzimmer oder in einer Nische stehen, in den Fertigteilhäusern gar vor der Wohnungstür, und die Prager »Potschen« (Hausschuhe) kommen zu ihrem historischen Recht. Das ist auch in unserer alten Wohnung so, meine »Stiefmutter«, eine liebenswürdige und energisch vernünftige Dame, einst Tänzerin (die mein verwitweter Vater heiratete), hielt sie wunderbar beisammen, als ob vierzig Jahre Geschichte draußen nichts bedeuteten. Ich trat ein, und es war buchstäblich so, als wäre ich (so lange ich mich nicht im Vorzimmerspiegel sah) von einem kurzen Gang in die Stadt zurückgekehrt. Selbst der Aschenbecher aus violettem Glas, an den ich mich plötzlich erinnerte, stand noch auf dem Schreibtisch, ich schlief auf demselben Sofa ein wie einst, und in einem Briefumschlag fand ich vergilbte Familienfotos, die ich sehr gut kannte, Vater, Mutter, die Tanten, die Onkel, die Ferien in Marienbad oder im schlesischen Karlsbrunn, und da war auch ich, im Samtanzug mit dem weißen Kragen, den meine Mutter selbst geschneidert hatte.

Mein Vater sah meine Mutter zum ersten Mal an einem schönen Apriltag im Jahre 1913 oder 1914 früh um acht an der Ecke Stefansgasse/Wenzelsplatz und war »gleich weg«, wie er sagte. Am nächsten Tag wartete er wieder an dieser Ecke, und sie kam wieder pünktlich, mit ihrem roten Haar und der blassen

Haut, denn sie war eine Näherin und eilte zur Arbeit. Später spazierten sie den Moldaukai entlang, und es ergab sich (ich frage mich, in welcher Sprache sie konversierten), daß sie beide aus zugereisten Familien stammten. Er, Hans, so sein artistischer Vorname, eigentlich hieß er Franz, aus einer armen ladinischen Bauernfamilie aus Südtirol, die auf dem Hof kein Auskommen mehr fand und deshalb nach Norden wanderte, zuerst nach Linz und dann in den Prager Teinhof, wo sich mein Großvater durch den Verkauf holzgeschnitzten Kinderspielzeugs, verfertigt im Grödnertal, zu ernähren hoffte; als das Metallspielzeug aufkam, ging er bankrott, mit fünf Kindern. Sie, Anna, aus einer jüdischen Familie, der Vater Textilhändler in der mittelböhmischen Kleinstadt Poděbrady, wo man aber nicht verweilen wollte, weil die kochende slawische Volksseele immer wieder die Neigung zeigte, die kleinen jüdischen Geschäfte am Hauptplatz zu demolieren. In den beiden Familien, der ladinischen und der jüdischen, lebten alte Vorstellungen unverändert fort. Als die Hochzeitskutsche vor dem Hause meines Vaters hielt (ich stelle mir den tschechischen Kutscher vor, der die Pferde mit einem mächtigen »Prrr« anhält), fragte mein Großvater den Bräutigam, »willst du wirklich diese jüdische Sau heiraten?«, und in der Familie meiner Mutter zuckte man die Achseln über den »gojischen« Kavalier, dessen Südtiroler Mutter, wie sich herumsprach, einen Rosenkranz an ihrem Gürtel trug und beim Kochen ladinisch parlierte.

Mein Vater hatte sich in den Kopf gesetzt, Prager Dichter und Dramaturg zu werden, wie so viele junge Leute, Christen oder Juden, und studierte die Berliner Avantgardezeitschriften. Die jungen Verlobten fuhren sonntags mit dem Raddampfer nach Königssaal (der obligate Ausflug, den auch Franz Werfel hymnisch besang: »o Tanzlokale am Ufer, o Brüder, o Dampfer, Fährhaus, Erd und Himmelsgeleit!«), strichen durch die schütteren Wälder und labten sich dann, mit Bier und Kaffee, im Gartenrestaurant, während die (noch) k. k. Militärmusik spielte. Montags schrieb dann mein Vater das allwöchentliche Liebesgedicht an Mama, das am nächsten Sonntag im *Prager Tagblatt* zu lesen war, erst ein wenig neuromantisch (»heute nacht, Madonna, wenn die ersten Sterne ...«), später mit expressionistischer Kühnheit (»... fern orgelt ein Klosett«); das alles ist, dank der germanistischen Wissenschaft, fein säuberlich in den Leitzordnern der Forschungsstelle für Prager Deutsche Literatur in Wuppertal nachzulesen.

Die Situation war für die jungen Leute nicht einfach, denn sie bewegten sich quer über die unsichtbaren Grenzen. Die Gojim sprachen Deutsch, und die Juden, da sie aus einer böhmischen Kleinstadt kamen, Tschechisch (allerdings wiegte mich meine tschechisch-jüdische Großmutter in den Schlaf, indem sie mir die Heinesche Romanze von den zwei Grenadieren in deutscher Sprache vorsang). Dazu kamen noch andere Gegensätze; in beiden Gruppierungen lagen die Älteren, die das Geschäftliche schätzten, mit den Jüngeren in Streit, die den reinen Geist gegen die materialistischen Väter verteidigten. Das war so bei den Kafkas und beim Handschuhfabrikanten Werfel, aber nicht nur bei ihnen; hier (um eine Satire von Karl Kraus zu zitieren) die »Tachles«, der findige Geschäftsgeist, dort die »Schmonzes«, die schöpferischen Werte, die allerdings von der Tachles-Partei oft als »Schmonzetten« (im Feuilleton) abgetan wurden. Nun ja, auch die Bedeutendsten begannen zuzeiten mit »Schmonzetten« (so Franz Kafka in der *Bohemia*), und selbst mein Vater konnte es noch fünfzig Jahre später nicht fassen, daß der Kafka Franzl ein Dichter war, wie Goethe oder Dante.

Ich sollte erst später herausfinden, was es heißen sollte, ein halber Jude und ein halber Goi zu sein, der seinen Weg zwischen Sprachen und Nationen finden mußte und mit vierzehn oder fünfzehn Jahren zur Einsicht gelangte, sein Leben sei der Republik Tomáš G. Masaryks und ihren liberalen Prinzipien verbunden; auch später, als Gestapohäftling, als Zwangsarbeiter in einem Halbjudenlager und als Student der Prager Karlsuniversität, sah ich keinen Grund, meine Vorstellungen zu ändern. In den späten zwanziger Jahren, der Zeit meiner Kindheit, stand das alles noch in ungewisser Ferne. Ich wuchs am Petersplatz auf, mit dem Blick auf die alte Kirche, erinnere mich an Gänge in alte Kaufgewölbe, wo in der Ecke lange Angelruten standen, denn die Moldau war nahe. Meine Mutter führte mich gern, leider in besagtem Samtanzug, in den Stadtpark (jetzt, ungeachtet der Gedichte Franz Werfels und der schönen Prosa Hermann Grabs, zerstört durch die neue Autobahn) oder auf die Sophien-Insel, von wo man auch auf eine »Schwimmschule« blickte (Prager Spezialität: eine Badeanstalt auf Flößen), oder, im Winter, auf den improvisierten und holprigen Eislaufplatz, gleich unter dem Nationaltheater. Nachmittags kamen Freundinnen zu Besuch zu meiner Mutter, klirrten mit kleinen Silberlöffeln in den Teeschalen (Poděbrady-Mitgift), und man erwog, »was für eine Geborene« diese oder jene Dame der Gesellschaft war, Porges oder Klepetář, und nur wenn die Rede auf meine Tanten oder Onkel kam, wurde ich aus dem Zimmer gewiesen und durfte Bildendes lesen (Egon Erwin Kisch). Ja, die Tanten und die Onkel!

Tante Fritta war das Familiensorgenkind; kaum hatte sie die Monologe der Schillerschen Jungfrau von Orleans memoriert, riß sie zum Theater nach Frankfurt und Berlin aus, heiratete, in erster Ehe, den expressionistischen Dramatiker Paul Kornfeld (er starb später im Ghetto von Lodz) und spielte erste Rollen, auch mit Heinrich George (ausgerechnet). Wenn sie nach Prag kam, herrschte große Aufregung, meine Mama wollte mit ihr nicht über den Graben spazieren, denn Tante Fritta trug Männerhosen, wie Marlene Dietrich. Ich mochte sie sehr, sie zahlte mir immer fünfzig Heller für eine Stunde goldenen Schweigens, denn sie war »etepetete« (so mein Vater) und konnte mein Prager Deutsch mit den slawischen Konsonanten nicht mitanhören. Sie sagte mir noch zwanzig Jahre später, als sie aus dem Oxforder Exil zurückgekehrt war, mein Deutsch hätte sich eben nicht sehr gebessert.

Auch über meinen Onkel Karl (von der christlichen, aber eben auch von der »Schmonzes«-Partei) hätten die Damen klatschen können, aber er war leider »unter allem Niveau«. Karl, der Graphiker und Zeichner, hatte ein kleines Atelier nicht weit vom Hradschin, und die Moralisten der Familie verübelten ihm, daß sein Geschmack in puncto Weiblichkeit ins Plebejische und Dralle ging (Café Štěrba). Begabt war er schon, der Karl, aber nicht klug, denn er trank eines Abends, es war im Jahre 1940, seinen Kaffee in einer Hotelhalle und erklärte einem anderen Gast, der an seinem Tisch saß, daß der Krieg, ungeachtet aller Sondermeldungen, eigentlich schon verloren sei. Der Mann war aber von der Gestapo, und Onkel Karl wurde prompt, wegen Hoch- und Landesverrats, zu zwanzig Jahren Zuchthaus verurteilt. Er saß zuerst in der Festung Theresienstadt, wo die sadistischen Kapos die politischen Häftlinge zu Tode quälten, und wurde dann zu seinem Glück ins Zuchthaus Dresden verlegt, wo ihm die alliierten Luftangriffe zu Hilfe kamen. Das Zuchthaus wurde zerstört, er schlug sich durch die Wälder und die Flüsse entlang nach Prag, versteckte sich in der väterlichen Wohnung (Teinhof) und verließ das Haus erst wieder, als der Aufstand losbrach. Er half beim Barrikadenbau, ein Nachbar erkannte ihn aber als Deutschen, man holte ihn von der Barrikade; und hätte ihn das Zeugnis ehemaliger Mithäftlinge nicht gerettet, er wäre wieder als verräterischer Deutscher ins Zuchthaus gewandert.

Mein Vater hatte eine ziemlich schlechte Meinung über die blamablen Gedichte und dubiosen Romane seiner schreibenden Prager Kollegen, und daß das alles berühmte Leute waren, über die man später Dissertationen schreiben sollte, begriff ich erst nach und nach. Mein Vater schätzte Ludwig Winder sehr hoch, liebte es, aus Paul Leppins Gedichtband *Glocken, die im Dunkeln läuten* zu rezitieren, und freute sich seiner Freundschaft mit Hans Regina von

Nack, der eher die leichtgeschürzte Muse pflegte, und mit Louis Weinert, der Dramen und populäre Kriminalromane schrieb (der Prager Edgar Wallace). Vom jungen Rilke wollte er nichts wissen, und über Max Brod, auf den er insgeheim eifersüchtig war, erzählte er eher Anekdotisches – Brod korrumpiere, so sagte er, den Chauffeur des Reisebüros Čedok mit einer alljährlichen Weihnachtsgans, und der hielt dann den Touristenbus immer vor Maxens Wohnung an und rief durch das Megaphon: »Hier wohnt der deutsche Dichter Max Brod!« Über Johannes Urzidil, später der Verbündete Adalbert Stifters, »wußte man alles«, besonders die Damen, denn er hatte seine expressionistischen Urschreie, verlegt bei Kurt Wolff, an meine Tante Fritta gerichtet, die ihm aber die marmorne Schulter gezeigt hatte, und später an meine Mutter, deren Bedarf an expressionistischer Lyrik allerdings gedeckt war (er erzählte mir das in seiner New Yorker Exilwohnung, Jahrzehnte später). Leben und leben lassen; und selbst als ein nationalistischer Mob im November 1920 das alte Ständetheater für die tschechische Nation okkupierte und meinen Vater aus dem Büro und die Treppe hinunterwarf, nahm er das (wie er mir erzählte) als einen Verkehrsunfall der böhmischen Geschichte hin. Ich erinnere mich auch, wie man zu Hause einen geliehenen Gehrock bügelte (um genau zu sein: das tschechische Dienstmädchen bügelte, und meine Mutter paßte auf), denn mein Vater war zur Audienz beim Staatspräsidenten Masaryk auf den Hradschin geladen, der ihm ein Studienstipendium aus seinem Privatfonds zukommen ließ – ihm, dem jungen Theatermann, der darauf für Monate ins süße Italien entschwand, meiner schluchzenden Mutter schöne Ansichtskarten schrieb und mit einem eleganten kleinen Lederkoffer zurückkam, der mit mondänen Hotelzetteln über und über beklebt war. In diesen Koffer packte ich meine Hemden und Socken, als ich flüchtete, und er ist leider längst in den böhmischen Wäldern, hinter Klattau, verschimmelt, denn ich mußte ihn am Wege liegen lassen, weil es galt, ein schärferes Tempo einzuschlagen.

Als ich jung war, kamen noch nicht so viele Touristen nach Prag, die Stadt war nicht besonders *chic*, und die Paläste, Kirchen, Gärten und Brücken standen den Spaziergängern, den Alten, den Liebenden und den Poeten offen, den einen wie den anderen, den Prager Lyrikern deutscher Sprache wie den tschechischen Surrealisten: »Prag ... ich bin die Zunge Deiner Glocken und Deines Regens / ich bin die Zunge der Trauben, aber auch der Asyle / ich bin die Zunge der Langeweile, sonntags, des Wassers, auch, über den Wehren ...« (Vítězslav Nezval). In den Kaffeehäusern und kleinen Weinstuben mochte man über die jüngsten Skandale Milena Jesenskás klatschen oder das neue Stück von Karel Čapek diskutieren, aber das wäre heute nicht mehr so einfach. Das berühmte Café Union, oder der »Unionka«, wo die Prager Moderne, unter Obhut des mythischen Oberkellners František Patera, stattfand, ist längst einem langweiligen Glaspalast gewichen, in dem man staatlich approbierte Kinderbücher publizierte, und das Café Slavia, wo selbst die Dissidenten der siebziger und achtziger Jahre ihren polizeilich beobachteten Stammtisch hatten, ist von internationalen Reisegesellschaften und der europäischen alternativen Jugend, einschließlich der Punker, in Beschlag genommen; am Abend macht eine wie von Billy Wilder erfundene Zwei-Mann-Kapelle Musik. In der kleinen Weinstube »U Šupů«, wo die surrealistischen Lyriker über Trotzki diskutierten, wird jetzt chinesisch gekocht, und der Kellner trägt die Tischreservierungen drei Tage vorher in ein rotledernes Buch ein. Als ich sagte, ich wolle natürlich ins »Arco«, wo einst der sogenannte »Prager Kreis« (der eigentlich ein ganzes System von Kreisen war) sein Hauptquartier aufgeschlagen hatte, warnte man mich einmütig und zu verschiedenen Malen; es sei jetzt das Stammcafé der kleinen Taschendiebe, Betrüger und Beutelschneider, die Staatspräsident Havel anläßlich seines Amtsantrittes amnestiert hatte (der Volksmund nennt sie die »Kinder Havels«). Sie hatten sich zuerst im Buffet des Denis-Bahnhofes versammelt, um die Freiheit zu genießen, aber dann schloß die Bahnhofsleitung das

Buffet, und sie übersiedelten über die Gasse ins löbliche »Arco«, wo Werfel, Kafka und Brod beisammen gesessen waren. Ich ging aber doch hin, das neue Pikareske war eher kleinbürgerlich, und das Gestühl Prager-Café-Einheitsmöbel aus dem dritten Fünfjahresplan. Pensionisten und Liebespaare, die auf die Züge in die Provinz warteten, tranken »Red River«, das lokalböhmische *Tonic Water*, und auch mir begann es zu schmecken.

Selbst die Karlsbrücke war, wie in meiner Jugend, menschenleer, und ich hatte dort meinen Rendezvous-Winkel, gleich links unter der Brücke, die Stufen hinab (wenn man zur Kleinseite geht), eine kleine Bank am Ufer, die schwappenden alten Mietkähne daneben, die Schatten der Brückenheiligen und die Sterne zu Häupten. Dort war es einfach, Gedichte zu rezitieren und kühn einen Blusenknopf zu öffnen. Meine italienische Freundin Ludovica, die das Buch ihres berühmten Landsmannes Angelo Mario Ripellino über das magische Prag gelesen hatte, wollte unbedingt mit mir auf dieser Bank sitzen, aber ich entdeckte, daß die Bank jetzt am Rande eines betonierten Kinderspielplatzes stand, und oben, auf der Brücke, zogen die Massen der Touristen vorbei. Ich durfte mich also damit begnügen, zu erzählen, wie ich dort vor fünfzig Jahren gesessen, mit W. (keine Küsse, sie hatte einen festen Freund), mit R. (montags) und M. (mittwochs), die Prager Mainächte mit den blühenden Kastanienbäumen taten das übrige, und wenn nicht, so ging man in die Terrassenwirtschaft »Zum Goldenen Brünnl«, wo man »ganz Prag in weiter Runde« (René Rilke) erblickte, und stieg endlich den Laurenziberg hinan, zum Denkmal Karel Hynek Máchas, des ersten tschechischen Romantikers, und legte, wie es die Tradition wollte, einen kleinen Veilchenstrauß auf den Sockel, um den Geist der Liebe zu ehren.

Es ist nicht besonders schwierig, den internationalen Massen zu entgehen, die sich über die Brücke schieben. Man muß nur die Richtung wechseln und flußaufwärts gehen. Prag hat ja noch einen zweiten Burgberg, den Vyšehrad (die Přemysliden-dynastie wußte lange nicht, wo sie residieren wollte, aber sobald sie sich für den Hradschin entschied, begann der Vyšehrad mit seinen Kapellen und Kirchen dahinzudämmern). Jetzt ist es hier ganz ruhig, die Spaziergänger sind noch anderer Art, Pensionistinnen, die im Sonnenschein anhalten, Schüler, die ihre ersten Zigaretten rauchen, gelehrte Kenner, die alles genau wissen wollen. Prag war ja immer eine doppelte oder dreifache Stadt; ihre Topographie wechselte mit der Sprache, die man sprach, mit dem Glauben, zu dem man sich bekannte. Die deutschen Bürger suchten sonntags den schattigen »Baumgarten« auf, die tschechischen zog es eher auf den alten Vyšehrader Friedhof, denn hier ruhen die bedeutendsten Töchter und Söhne der Nation. Ich saß lange auf einer Bank über den alten Bastionen, es war ganz still, und ging dann durch die Reihen der dicht aneinander gedrängten Gräber. Antonín Dvořáks Grab ist nicht weit vom Eingang (nicht weit davon allerdings die pompöse Gruft einer reichen Familie, die böhmische Industriegeschichte gemacht hat) und, an der anderen Umfassungsmauer, die Grabstätte der Božena Němcová, einer hochbegabten und armen Frau, die in ihren Romanen und Erzählungen um die Mitte des vorigen Jahrhunderts die moderne tschechische Prosa begründete. Vor ihrem Grab standen zwei schlacksige Schülerinnen, sie sahen so aus wie vor vierzig Jahren, und die eine sagte ernst zur anderen, »hier liegt unsere Božena«, und mir war wieder melancholisch zumute.

Am dritten Tage hatte ich endlich gelernt, daß man nicht mehr »Na Shledanou« (Auf Wiedersehen) sagt, sondern »Na Shle!«, und daß man das vertrautere »Ahoj«, das noch aus der anarchischen Wanderbewegung der Ersten Republik stammte, mit dem modischen italienischen »Ciao« zu »Ahoj Tschau!« kombiniert hatte, ob man nun kam oder ging. Ich dachte, ich lerne rasch und lebe mich so ein, aber dann sah ich meinen alten Freund, wir nennen ihn Vladimír, und ich begriff, daß ich nicht mehr hoffen dürfte, mich hier jemals wieder zu Hause zu fühlen. Der erste Augenblick des Wiedersehens war von lärmender Fröhlichkeit, um unsere Unsicherheit zu verbergen, und langsam begann ich den jungen Vladimír in dem älteren Mann zu sehen, vor allem die hohe Stirn und die strahlenden blauen Augen, die unter den Kolleginnen einiges Unheil angerichtet hatten. Er war immer der fröhliche Kavalier gewesen, und wenn für eine Party die Mädchen fehlten, klappte er sein berüchtigtes schwarzes Büchlein auf und telephonierte mit der Lehrerinnenbildungsanstalt (»huihussa, huihussa, die Mägde der Libussa«, wie Clemens Brentano in seinem romantischen Prager Drama schreibt). Vladimír blieb aber nicht lange an der Fakultät, er wollte nicht mitmachen, wie die vielen anderen, und fand Unterschlupf in einer Sprachschule, zugleich mit anderen unsicheren Kantonisten und Parteilosen. Er unterrichtete dort vierzig Jahre lang, ohne seine wissenschaftlichen Arbeiten publizieren zu können; erst wenige Jahre vor der »sanften Revolution« entschloß man sich, ein wissenschaftliches Werk aus seiner Feder zu publizieren. Ich fragte ihn, ob es ihm nicht schwergefallen sei, mit ansehen zu müssen, wie seine in der Partei engagierten Kollegen zu hohen Ehren aufgestiegen waren. Er antwortete mir ganz ruhig, die Karrieren der anderen hätten ihn nie berührt, und er fügte hinzu, daß er seinem Geschick dankbar für die Möglichkeit sei, so viele junge und wißbegierige Schüler unterrichtet zu haben; im übrigen hatte er das Haus seiner Eltern bewahrt und mit alten Möbeln, Bildern und Büchern ausgestattet, und seine Gedichte in mährischer Bergbauernmundart (von der Partei unangreifbar) hatten seit langem ihre Leser gefunden. Inmitten einer Stadt, in der noch alles wie in der Luft hing, sah ich einen glücklichen Menschen vor mir – ich begriff aber auch, daß mir seine endlose Geduld fehlte, ich war im Westen auf Konkurrenz und Wetteifer trainiert und empfand lebhaft, wie uns unsere Erfahrungen, obwohl wir doch Ähnliches getan, getrennt hatten, ein für allemal.

Meine Freunde im Westen beneiden mich um die Exkursionen ins »magische« oder »mystische« Prag, und das Schlimmste ist, daß sich diese Gemeinplätze von der geheimnisvollen Stadt auch schon in den Köpfen meiner tschechischen Freunde festzusetzen beginnen. Sie waren lange von der Welt »draußen« abgeschnitten und lernen jetzt, daß sie mit einem Gespräch über den Golem eher Verständnis finden als mit ihrem Enthusiasmus für den metaphysischen Dichter František Halas, den nur ganz wenige der westlichen Reisenden kennen; und selbst der gescheite Milan Kundera, der es besser wissen sollte, fühlt sich bemüßigt, sich in seinen mitteleuropäischen Essays auf die Kabbala und Rudolf II. zu berufen. Das Historische der Stadt in allen Ehren, aber zwei schmutzige Hinterhöfe sind noch nichts Magisches oder Mystisches, im Prager »Alchimistengäßchen« lebten redliche Lakaien, Leibjäger und Kammerdiener, und dem Rabbi Löw, einem großen Ethiker und Widersacher praxisfremder Gelehrsamkeit, dichtete man den Golem erst zweihundert Jahre nach seinem Tode an, weil ein guter Rabbi einen Golem brauchte und weil spätere Prager jüdische Sektierer ihn unbedingt zu den Ihren rechnen wollten – so ungefähr, wie ihn Paul Wegeners Filme vor Augen führen. In den mittelrheinischen Klöstern des Mittelalters lebten mehr Mystiker als in Prag, und im obergaliläischen Safed waren im siebzehnten Jahrhundert mehr Kabbalisten versammelt als je im Schatten der Prager Alt-Neusynagoge. Ich warte, daß endlich einmal einer das Argument umkehrt und von Prag als der Stadt der Analytiker und der Rationalisten zu sprechen beginnt – mit einem Blick auf den pragmatischen Administrator Karl IV. (ungeachtet seiner persönlichen Frömmigkeit), die soziale Theologie der Hussiten, die naturwissenschaftlichen Interessen Rudolfs II., der den bedeutenden Astronomen seiner Epoche ein modernes Observatorium baute, die tschechischen Philologen Dobrovský, Gebauer und Goll (die Geschichtsklitterungen entlarvten), den Logiker Bernard Bolzano und den Humanisten Augustin Smetana, den Soziologen Tomáš G. Masaryk (der sich allerdings seine evangelische Herzensfrömmigkeit bewahrte), die Prager Gruppe der Schüler Franz Brentanos, den Prager linguistischen Kreis, ja auch den Dramatiker Havel, der sich selbst dazu bekannte, von seinem Bruder, dem Mathematiker und Linguisten, vieles gelernt zu haben. In der tschechischen Tradition war Prag immer die »Goldene« und die »Mütterliche« Stadt, und das Mystische und Magische begann sich erst im neunzehnten Jahrhundert in die Literatur einzuschleichen, als reisende englische und amerikanische Autoren schaudernd durch die alten Gassen des Ghettos spazierten. Ihnen folgten tschechische und deutsche Schriftsteller des Fin de siècle, von Karásek ze Lvovic bis zu Gustav Meyrink, den Nicht-Prager, und Paul Leppin, welche die Stadt mit Sonderlingen, Lustmördern und vampirischen Frauen bevölkerten. Wer es nicht glaubt, dem sei ein Spaziergang nach Žižkov, Smíchow, Nusle oder Vršovice empfohlen, in die alten Industrieviertel, wo die Textilarbeiter schon im Jahre 1844 streikten, zugleich mit den schlesischen Webern. Damit können aber die Reisebüros nicht viel anfangen.

Wenn ich morgens durch die Gassen gehe, und das Licht ist hell, fühle ich mich (fast) wie zu Hause, aber ein Augenblick genügt, ein Schatten über dem Pflaster, und alles bricht wieder zusammen, und ich weiß, das ist kein Ort mehr für mich. Ich kenne die Stadt und kenne sie nicht mehr. Sie hat fortbestanden, ich habe fortgelebt, aber anderswo. Ich trauere darüber, daß meine Schuhe keine Spuren im Pflaster hinterlassen, daß meine Augen keine Mulden in die Steine gebrannt haben; nichts, das nicht in mir wäre, erinnert mich noch an mich, und was mir so vertraut scheint, das habe ich alles selbst mitgebracht, auch das Gefühl an den Fingerkuppen, wenn ich in der alten Wohnung über das Holz der weißen Küchenkredenz fahre, deren Schubladen ich mit sieben oder acht Jahren öffnete, um nach Nüssen und Rosinen zu suchen. Ich mische mich unter die Lebenden, aber die Toten und Getöteten, meine Mutter, die Mutter meiner Mutter, drängen sich dazwischen, und andere: Paul Kisch, Egon Erwins Bruder, der mich am Vorabend seines Abtransportes in die Todeslager im vollen Wichs des deutschen Korpsstudenten von anno dazumal empfing; Waltraut W., eine von mir schwärmend verehrte deutsche Medizinstudentin vom Schneeberg bei Bodenbach, getötet vor der Jesuitenkirche von einer Luftmine, welche die alliierten Bomber auf ihrem Rückflug von Dresden über Prag ausklinkten; unser Nachbar, der katholische Dichter Josef Kostohryz, den die kommunistischen Terrorgerichte zu einer langjährigen Kerkerstrafe verurteilten und der dann mittellos dahinsiechte und starb.

Um halb drei geht der Wiener Schnellzug vom Hauptbahnhof ab, im Abteil sitzen drei sympathische amerikanische *college kids*, die nach zwölf Stunden in *wonderful Prague* nach Venedig weiterwollen, und zwei Wienerinnen, die sich den Kopf zerbrechen, ob sie nach Ankunft des Zuges noch rechtzeitig in ihre Disco kommen. Der Zug beginnt aus der Halle zu gleiten, ich sage mir, das kann doch nicht alles gewesen sein, aber schon sind wir in den freien Feldern, ramponierte Kleinstadt-Bahnhöfe nennen die Namen alter Sommersonntags-Ausflugsorte, und ich weiß, ich komme noch einmal zurück, ich will es noch einmal versuchen.

Öffentliche und kapillare Geschichte

Über Literaten und »sanfte Revolutionen« in Prag und Berlin

Dem Fall der Mauer und den Verschiebungen in den Machtverhältnissen im Osten Mitteleuropas entsprechen noch keine literarischen Prozesse von ähnlicher Radikalität. Die Steine der Mauern und der alten Denkmäler stürzten rasch, die Literatur aber braucht den langen Atem, und so ist, zunächst einmal, das Alte auch das Neue; in Berlin, Prenzlauer Berg, die neuerliche Entdeckung der experimentellen Poesie, in Prag die *öffentliche* Publikation von Texten, die schon vor zwanzig Jahren geheim im Umlauf waren, und die Memoiren der Reformkommunisten von 1968, die jetzt den Charme einer bürgerlichen Demokratie entdecken.

Man mußte schon genauer hinhören, um die Gemeinsamkeiten und Differenzen des Revolutionsvokabulars, und seine historischen Implikationen, zu entdecken. In Berlin (Ost) – wo man die Regierung durch Demonstrationen nach der vorgeschriebenen Arbeitszeit zu Fall brachte – war vor allem von jener »Mündigkeit« die Rede, in welche der Widerhall der Studentenbewegung im Westen, die kritische Philosophie und akademische Seminardiskussion zusammenflossen; in Prag (wo das Bürgerforum zumindest den Test eines Generalstreiks riskierte, denn die Arbeiter waren die verwöhnteste Schicht der Bevölkerung) stand eher *Demokracie* auf den Transparenten, die an die politische Praxis und die Republik Tomáš G. Masaryks erinnerten. Es ist nicht ganz abwegig, einen semantischen Impressionismus dieser Art zur Frage nach der Funktion der Schriftsteller und Schriftstellerinnen in den deutschen und tschechischen »sanften Revolutionen« zu erweitern und sie mit der Frage nach Dissens und Opposition im historischen Kontext zu verbinden – selbst um den Preis unausweichlicher, aber nützlicher Simplifikation oder gar der Notwendigkeit, diese schematischen Kategorien an gewissen Punkten historischer Abläufe zu suspendieren.

Ich fand mich von der Literaturdiskussion nach dem Fall der Mauer enttäuscht, denn sie bestand darin, daß man sich auf Christa Wolf und ihr jüngstes Buch stürzte, anstatt das Thema der DDR-Literatur überhaupt aufzuwerfen oder von ihren vielen Autoren, zum Beispiel Hans Joachim Schädlich, oder von Theodor Plivier bis Uwe Johnson, dem bedeutendsten ihrer Autoren, zu sprechen. Christa Wolf hat nach dem Fall der Mauer nicht anders geschrieben als vorher, und selbst in ihren jüngsten Publikationen folgt sie Neigungen, die ihrer Prosa, auch den besten Stücken, zum Beispiel *Nachdenken über Christa T.*, seit langem innewohnen; ihr Charakter hat Konsequenz, und ihre Schreibart auch. Sie hat, wie Günter Grass sagte, »behutsam dreingeredet« – gewiß, ihre Idee eines Sozialismus als der letzten Zuflucht der deutschen Innerlichkeit ist seit dem *Geteilten Himmel* offenbar; und in ihrem späteren Buch *Kindheitsmuster*, in welchem sie die Frage erörtern will, warum die Deutschen im Dritten Reich über so viele Dinge und Undinge schwiegen, berichtet sie über eine Reise anno 1971 in ihren ehemaligen Heimatort in Polen – um dann prompt die Entwicklungen im fernen Chile oder in den Vereinigten Staaten zu analysieren, anstatt über die Vorgänge in Polen selbst, vor ihrer Nase, oder von der benachbarten ČSSR zu sprechen, wo die Monopolpartei dem Sozialismus übel mitgespielt hatte. Das Buch beantwortet die ursprüngliche Frage, warum man sich in einer Diktatur über die naheliegenden Dinge ausschweigt, reinlich und genau, und ohne daß die Autorin sich dessen bewußt gewesen wäre. Anstatt, zum wievielten Male, Christa Wolfs

Texte auf Schuld und Sühne abzuklopfen, wäre es nützlicher, die Ereignisse des Novembers 1989 noch einmal ins Auge zu fassen, besonders im Zusammenhang mit der Frage nach den Dissidenten und der Opposition, und ich meine damit jene, die sich lebenswürdigere Verhältnisse von einer reformierten Monopolpartei erhofften, oder aber die anderen, die ihre Hoffnungen an einen völligen Umsturz der Machtstrukturen knüpften.

Christa Wolf spricht, in den Aufsätzen jenes Jahres, von der »Glorie« des 4. November 1989, eine halbe Million Menschen, auf den Alexanderplatz gerufen von den Künstlern aus Berlin (Ost), und die prominenten Schriftsteller vor versammeltem Volke oder, nach älterer Terminologie, den arbeitenden Massen – fast die Erfüllung des melodramatischen Traumes von den Dichtern auf den Barrikaden. Allerdings, das vergißt man leicht, waren die Schriftsteller nicht die einzigen Redner; auch der damalige Berliner SED-Chef Schabowski, der Stasi-General Markus Wolf und der wendige Blockpartei-Liberale Manfred Gerlach hatten sich eingefunden, und in ihrer Gesellschaft hatten Christa Wolf, Stefan Heym, Christoph Hein (der sympathisch didaktische) und Heiner Müller, als *Paris Bar*-Stammgast und mit dunkler Brille, die Chance, ihre Solidarität mit den demonstrierenden Berlinern zu bekräftigen. Das Historische des Augenblickes bestand eben darin, daß sich die literarischen SED-Dissidenten, die sozialistischen Gruppen (später am runden Tisch) und die Opposition der Bürger zum ersten und zum letzten Male öffentlich eines Sinnes fanden – noch drei Wochen, und mit der Solidarität war es vorbei, und die nationalen Einigungsparolen, in Leipzig, spätestens zu Beginn der vierten Novemberwoche, signalisierten, daß sich die Wege der Dissidenten und der Opposition (wieder) zu trennen begannen.

Es ist nicht entscheidend, was Christa Wolf (welche die Sprachkraft des Volkes bewunderte) und die anderen Schriftsteller damals sagten, sondern was sie sich zu jener Zeit und an jenem Ort erhofften. Es war der dritte Weg einer sozialistischen DDR, oder die Berliner Version des Prager Frühlings von 1968, nur eben einundzwanzig Jahre danach. Noch drei Wochen später, am 26. November, versuchte der Dissidenten-Aufruf »Für unser Land« die Hoffnungen des Ostberliner Frühlings im Herbst zu retten, leider in geradezu manichäischen Entweder-Oder-Formulierungen, hier die »soziale Gesellschaft« (das Wort »sozialistisch« erscheint im Text nur verschämt als unauffälliges Adjektiv) in »Frieden und Gerechtigkeit«, dort die Manipulationen »einflußreicher Kreise« im Westen und der »Ausverkauf aller Werte« (als ob die DDR nicht seit Jahr und Tag ihre politischen Häftlinge pro Stück ausverkauft und die westlichen Subsidien für das Straßen- und Fernmeldesystem gerne akzeptiert hatte). Zu gleicher Zeit begannen die gesamtdeutschen Transparente in den Straßen zu dominieren, der Traum eines Ostberliner »Sozialismus mit menschlichem Antlitz« war zu Ende, und fortan auch die lang genährte Illusion, die Schriftstellerinnen und Schriftsteller der DDR wären kraft ihrer Ämter Propheten zukünftiger Entwicklungen oder die Avantgarde der Avantgarde.

Durch Europa verlief lange eine ideelle Grenze: im Westen, Südwesten und Norden eine Region, in welcher sich rasch Staaten konstituierten, die ihre Völker durch ihre Idee zusammenfügten; weiter im Osten und Südosten die mitteleuropäischen Landschaften, in welcher staatenlose Gesellschaften jahrhundertelang gezwungen waren, ihren zukünftigen Staat (der in Böhmen immerhin eine Vergangenheit hatte) durch ihre besondere Sprache und ihre Literatur vorauszunehmen. Akzentuiert gesagt: Wo der Staat primär war, hatten die Schriftsteller einen anderen Ort als dort, wo sie, im Sinne Herders, als Sprecher einer Sprache und Schreiber einer Literatur, die Republik der Zukunft als Nationalhelden vorauszunehmen hatten, ob sie nun wollten oder nicht. In Deutschland, im vielgeteilten – Sprache lange vor Nation –, hat die Idee des Dichters als eines Sprechers der Nation, oder gar ihres Sehers, lange überdauert, und selbst noch in der Weimarer Republik fühlten sich Thomas Mann oder Gerhart Hauptmann, jeder auf seine besondere Art, zu Repräsentanten der Nation berufen. In der tschechischen Literatur war es nicht anders, und die Schriftsteller, die sich den nationalen Aufgaben zu entziehen suchten, hatten einen schweren Stand. Selbst Jaroslav Hašeks guter Soldat Schwejk wurde prompt, pro und contra, zu einem nationalen »Typus« oder Sinnbild ernannt.

In der Bundesrepublik setzte die Gruppe 47, oft in Hemdsärmeln (zumal in ihren Anfängen) und mit einigem Understatement, die alte Tradition auch nach dem Zweiten Weltkrieg ungetrübt fort. Sie war ja in ihren Anfängen der Zeitschrift *Der Ruf,* die sich ganz offen nationalpädagogische Ziele setzte, eng verbunden, und selbst wenn man sich nicht überall und offen als »Gewissen der Nation« deklarieren wollte, ergab sich in der Praxis, daß sich die Gruppe, auch in ihrem lauen Sozialdemokratismus, lange als Versammlung des »Geistes« (mit wechselnden Tagungsorten) gegen die »Macht« (Bonn) und ihre Institutionen empfand – ehe sich die Studentenbewegung in den radikalen Kopf setzte, diese Funktion zu übernehmen (sozusagen gegen Grass und Bonn), und die Ansprüche der alternden Gruppe 47 anläßlich ihrer Tagung in der Pulvermühle im Jahre 1967 außer Kraft setzte und ihr, wie es sich ergab, den Garaus machte. Nach dem Tod Heinrich Bölls, des leicht Erregbaren, fährt nur Günter Grass fort, die Bürden des Praeceptor Germaniae auf sich nehmen zu wollen. Mit der Funktion der Sprecher und Geisteshüter ist es in der arbeitsteiligen Demokratie zu Ende, und der Schriftsteller hat das gleiche Recht wie jede Kindergärtnerin oder jeder Lkw-Fahrer, ihre/seine Meinung über die politischen Dinge zu sagen, selbst wenn die Medien die beredteren und oft dekorativen Schriftsteller noch immer begünstigen.

In der DDR war der Bruch der Entwicklung deutlicher sichtbar, weil sie sich allzu eng mit dem Staat verband; die »Sprecher« waren vom Staat sanktioniert und gefördert, und als der Staat zusammenbrach, trat das Illusionäre offen zutage; selbst wenn man sich am 4. November 1989 noch einmal bemühte, den Leuten die alten Rollen vorzuspielen, war es der letzte Auftritt – von dem man sich schmollend hinter die Kulissen zurückzog oder irritiert ins Feuilleton der *Süddeutschen Zeitung,* wo Stefan Heym, der jahrelang seine Freunde in Connecticut (USA) besucht hatte, ein wenig herablassend vom »Tinnef« sprach, den seine arbeitenden Mitbürger auf ihrem ersten Ausflug nach Berlin (West) erstanden. So haben diese Dissidenten nichts zur »sanften Revolution« beigetragen? Die übliche Antwort lautet, sie hätten sie, zumindest schrittweise, durch ihre Überlegungen und Einwände vorbereitet (wie die Enzyklopädisten die Französische Revolution), das Argument ist ebenso überzeugend wie unbeweisbar, und jeder Zweifel setzt sich dem Verdacht aus, einen neuen Anti-Intellektualismus fördern zu wollen. Die nächste, durchaus nicht unberechtigte Frage wäre allerdings, ob die Dissidenten, und das gilt auch für die Vertreter der sozialistischen Gruppen am runden Tisch (als sich die Hunderttausenden über Budapest und Prag in Bewegung gesetzt hatten), nicht längst in den Schwanz der Revolution geraten waren (ich gebrauche hier die Terminologie Lenins), anstatt in ihrem Kopf zu sein. Die Bürger handelten jedenfalls so, als hätten sie die Bücher der Dissidenten nicht gelesen oder rasch vergessen, denn sie wollten alle in den kapitalistischen Wohlfahrtsstaat, nicht in den zukünftig »richtigen« Sozialismus der DDR.

In der DDR und in der ČSSR entwickelten sich die Dissidenten und die Opposition in unterschiedlichen Verhältnissen, und es wäre ebenso falsch, die Dissidenz zu allen Zeiten in der

Opposition aufgehen zu lassen oder die besondere Existenz einer (wie immer unartikulierten) Opposition zu leugnen. In der DDR waren die Dissidenten, innerhalb des Machtsystems, jedenfalls so lange von den realen Bedürfnissen der parteilosen Bevölkerung separiert, daß auch die letzten Jahre, die Zusammenkünfte in den Kirchen oder das Meeting auf dem Alexanderplatz, keine dauernde Fusion beider zu schaffen vermochten, und deshalb sind auch die einsichtsreichen Politiker der »Zwischenzeit« wie weggewischt.

In der ČSSR näherten sich die Dissidenten und die Opposition einander zumindest seit dem Jahre 1968 und später, und das Hin und Her der Bewegungen war wesentlich produktiver als in der DDR. Dennoch: Selbst im »Prager Frühling« warteten die oppositionell gestimmten Bürger außerhalb der Partei erst einmal drei Monate geduldig und mißtrauisch, welche Möglichkeiten ihnen die Diskussionen in den Parteigremien und Verbänden (von denen sich gerade der Schriftstellerverband weiter vorwagte als andere) eröffneten, ehe sie diese Möglichkeiten auch energisch ergriffen und die Parteidiskussionen unter ihrem Druck hielten. Die Reformkommunisten hatten einige Schwierigkeiten, die neuen Organisationen, darunter den Verband ehemaliger politischer Häftlinge (K 231) und den »Klub engagierter Parteiloser«, daran zu hindern, zum Kern neuer politischer Parteien zu werden, die der Monopolpartei zu konkurrieren hofften; und selbst im Durcheinander der Stimmen und Aufrufe waren diejenigen, die das Machtmonopol einer verjüngten und der öffentlichen Meinung zugänglicheren Partei nicht anzutasten wagten, nicht eines Sinnes mit denjenigen, die öffentlich für die Neugründung einer sozialdemokratischen Partei plädierten und das Plädoyer auch mit ihren demonstrativen Unterschriften versahen (es wäre interessant zu sehen, welche Intellektuellen, die man im Ausland als Freiheitshelden feierte, diesen Aufruf *nicht* unterzeichneten). Überhaupt neigte man im

Westen dazu, die inneren Spannungen zu unterschätzen; die parteilosen Bürger hatten allen Grund, den in der Partei herangewachsenen Reformkommunisten zu mißtrauen. Allein ein Parteimitglied war *upwardly mobile* gewesen; und es ist nicht überraschend, daß sich die entrechtete Opposition, vor und nach 1968, (ebenso wie in der DDR) ihre eigene Welt schuf und ins Private flüchtete, wo sie sich, wenigstens am Wochenende, dem Staat zu entziehen wußte – im Schrebergarten und im Landhäuschen, der *Chata,* und wenn möglich, schon Freitag nachmittag. Noch Monate nach der »samtenen Revolution« waren alle Umwälzungen übers Wochenende suspendiert, weil die gesamte Nation in die *Chata* abgefahren war, *pour cultiver son petit jardin.*

Die historischen Umstände, die zunächst über die Form von Dissens und Opposition entschieden, lagen in der Vergangenheit der Machtübernahme(n) und sind dem Gedächtnis, auch der später Agierenden, weithin entschwunden. Gerade das Evidente ist leicht zu vergessen: daß nämlich die DDR-Dissidenten einem politischen Filterprozeß entstammten, der in der ČSSR in viel geringerem Maße wirksam war. In der DDR war es möglich, sich dem Staat bis zum Jahr 1961 durch Abgang in den Westen zu entziehen, und davon machten Millionen und Abermillionen Gebrauch, auch Schriftsteller wie Uwe Johnson, der in seiner starrköpfigen Genauigkeit bemerkte, er hätte nur den Wohnort gewechselt. In der DDR konnte man die amtliche Lüge leichter akzeptieren, die Kommunisten seien immer die besten Antifaschisten gewesen (wie sollte Christa Wolf, die aus der Provinz kam, die Namen jener deutschen Kommunisten kennen, die die GPU getötet oder den Nationalsozialisten ausgeliefert hatte?); die DDR-Autoren der ersten Stunde waren Mitglieder der Partei, ja die meisten schon Mitglieder des Bundes proletarisch-revolutionärer Schriftsteller gewesen, welchen die KPD im Jahre 1928 in der Weimarer Republik gebildet hatte. Diese Schriftsteller, einzeln und in corpore, Anna Seghers, Johannes R. Becher, Willi Bredel und andere, waren berühmter als die neuen Autoren im Westen, einschließlich des jungen Günter Grass und Heinrich Bölls. Die noch offene Grenze zehrte an der Substanz des Widerspruchs, der sich zum Teil in die Bundesrepublik verlagerte, und selbst die stalinistischen Schauprozesse – hier allein gegen die alte Garnitur der KP-Funktionäre – verliefen in der DDR zuletzt im administrativen Sande, weil die Behörden, die mit ihrer Durchführung beauftragt waren, fürchten mußten, daß die in die Bundesrepublik geflüchteten alten Kommunisten und Spanienkämpfer die improvisierten Anklageschriften in den westlichen Medien ad absurdum führen könnten.

Das war nicht der Fall in der ČSSR, deren Grenzen von den Machthabern sogleich Ende Februar 1948 fast hermetisch geschlossen wurden. Funktionäre der nichtkommunistischen Parteien fanden es noch einfacher zu flüchten (weil die alten Parteiorganisationen ihre »Eisenbahnen« organisierten, um die Bedrohten zu retten), aber Studenten und andere unsichere Kantonisten (wie ich), hatten bedeutendere Schwierigkeiten – nicht nur die Grenze zu überschreiten, sondern überhaupt ans kontrollierte Grenzgebiet heranzukommen (mein Freund Ossi Stein, der nach Kriegsende in britischer Uniform heimgekehrt war und den Übergang am falschen Ort versuchte, verschwand für acht Jahre in den Joachimsthaler Urangruben).

Das erste Exil (nach dem Februar 1948) zählte nicht mehr als 30.000 Köpfe, vor allem Politiker, Minister, aufsässige Studenten, Juristen des Verwaltungsdienstes, einige Trotzkisten und wenige Publizisten und Schriftsteller – unter anderen Ferdinand Peroutka, Stránský Vater und Sohn, Pavel Tigrid, und von den Autoren Egon Hostovský und Zdeněk Němeček, beide Epiker in diplomatischen Diensten, die »absprangen«, der Lyriker Jiří Listopad und der katholische Erzähler Jan Čep; sie waren die Ausnahmen, nicht die Regel. Die Mächtigen, die triumphierten (darunter auch die späteren Dissidenten), und die zum Schweigen verdammte Opposition war wie in einem Dampftopf, aber ohne Ventil, im Lande gefangen; die Entlassungen, Verhaftungen, Schauprozesse dauerten vier Jahre lang, ohne Erbarmen. Die Schauprozesse betrafen nicht nur (wie in der DDR) alte Kommunisten, sondern auch ihre politischen Widersacher, Katholiken, Liberale und Namenlose. Innerhalb von vier Jahren wurden 233 Todesurteile ausgesprochen, davon 178 vollstreckt; die Gerichte eröffneten Strafverfahren gegen ungefähr 100.000 Bürger, und 27.000 wurden, ohne Gerichtsverhandlung, in die Zwangsarbeitslager abgeschoben. Unter den Strafgefangenen befanden sich die Schriftsteller Jan Zahradníček, Josef Kostohryz, Václav Renč, František Křelina, Zdeněk Kalista, Václav Prokopek, Jan Šnobr, Petr Kopta, Josef Knap, Rudolf Mertlík, Bedřich Fučík, Ladislav Novomeský, Jiří Mucha, Karel Pecka und Jan Beneš.

Die einen und die anderen standen sich damals massiv gegenüber, und die feine, aber sichtbare Linie, welche die Dissidenten noch zwanzig Jahre später von der Opposition trennte, trat im Winter nach dem Einmarsch der Warschauer Truppenkontingente in einem Streitgespräch über das tschechische »Schicksal« öffentlich zutage. Die Widersacher waren Milan Kundera, damals eher Sprecher der Dissidenten im Schriftstellerverband als Autor von weltliterarischem Rang, und Václav Havel, eben durch die Hintertür in die Literatur geschlüpft, parteilos, aber nicht unparteiisch. Kundera publizierte im Dezember 1968 einen Aufsatz, in dem er von der schicksalhaften Lage der Tschechen zwischen den großen Mächten sprach und sich zu seiner Überzeugung bekannte, Tschechen und Slowaken befänden sich in ihrem Versuch, »einen Sozialismus ohne allmächtige Polizei« und eine neue Meinungsfreiheit zu schaffen, »zum ersten Male seit Ende des Mittelalters wieder im Zentrum der Weltgeschichte«. Havel antwortete mit einiger Ironie drei Monate später: Die Nation akzeptiere es gewiß mit Freude, von Kundera, »diesem ein wenig skeptisch intellektuellen Weltmann«, gerühmt zu werden, und hielt ihm entgegen, die Frage nach dem Schicksal der Nation verhülle nur die Frage nach der konkreten Verantwortung für konkrete Taten. Er meinte damit Kunderas und seiner Generationsfreunde Teilnahme an den Ereignissen von 1948 (welche die Nation eben in die Lage gedrängt hatte, in welcher sie sich nun befand) und fügte hinzu, die Tschechen wären »groteske Schmocks«, und »lächerlich in ihren provinziellen Anschauungen«, wären sie wirklich, wie Kundera, der Meinung, Sozialismus ohne Polizei und Unterdrückung der Meinungsfreiheit sei etwas ganz Einzigartiges in der Welt, und nicht etwas Selbstverständliches.

Kundera antwortete darauf in einer Brünner Zeitschrift, Havels moralische Haltung habe sich längst in einen »moralischen Exhibitionismus« verwandelt. Die Gründe dafür lägen darin, daß Havel seit jeher »ein Fremdling« in der tschechischen Gesellschaft gewesen sei; Havel »wurde von Anfang seiner Jugend an eindeutig von der tschechisch-stalinistischen Welt abgelehnt, und er lehnte diese Welt eindeutig ab; er ließ sich auf keine Kompromisse ein«. Es sei die erste (existentielle) Entscheidung Havels, der abnormalen Welt normale Fragen zu stellen, und er sei von einem einzigen Impuls »hypnotisiert« – von »seinem eigenen Konflikt mit unserer heimatlichen (domácí) Welt, in die er hineingeboren wurde, die er ablehnt«; er wolle auf der Höhe seiner Ablehnung »seine moralische Überlegenheit bestätigt finden«. Havel sei eigentlich ein *outsider;* hätte, so fuhr Kundera fort, Pavel Kohout (dessen Vergangenheit in der tschechisch-stalinistischen Welt einige Ähnlichkeiten mit jener Kunderas aufweist) das exzellente *Gartenfest* geschrieben, er hätte diese (»unsere«) Welt von »innen« verstanden, den »Sinn« der Ereignisse aufgespürt und dabei sich selbst, vielleicht ohne Intention, mitbedacht«. Die theoretischen Differenzen der Kontrahenten sind deutlich, und ihre praktischen auch: Kundera erklärte zuletzt, der »Prager Frühling« müsse die Unterstützung der gesamten europäischen nichtstalinistischen Linken suchen; Havel, das war damals möglich, reiste nach New York, um die Repräsentanten des ersten Exils, darunter Ferdinand Peroutka, für ein Buch über die Kontinuitäten und Diskontinuitäten der tschechischen Politik zu interviewen (der einzige unter den Männern des »Prager Frühlings«, dem das wichtig schien).

Ob das alles der Geschichte angehört oder nicht, hängt von den Geschichtskategorien der Chronisten und Beobachter ab, die später davon erzählen. Auch die mitteleuropäische Geschichtslosigkeit, von welcher jetzt wieder die Rede ist, hat ihre Geschichte oder ihre Geschichten, und die eine ist nicht wie die andere, denn die einen (wie Friedrich Theodor Vischer lange vor Brecht erklärte) waren im Dunkeln und die anderen im Licht (in der tschechischen Geschichte hat das *Temno,* das Dunkel der Geschichtslosigkeit, seinen festen Ort). Dissens und Opposition hatten je eine andere »Aura« – die einen öffentlich im Lichte der Macht, selbst wenn es ein reflektiertes war, und die Opposition im Dunkeln, in dem sie, in der Macht-Ferne, ohne Mikrophone, Scheinwerfer und Auslandsreporter, lange wie wortlos dahinlebte und, anstatt selbst zu reden, das Westfernsehen einschaltete oder den Sender *Svobodná Evropa.* Im Westen nahm man die Geschichte der Dissidenten von Anfang an zu gründlicher Kenntnis, die kapillare Historie der Opposition, in den Altbauwohnungen der zerbröckelnden Stadtkerne von Halle und Brno, blieb lange verborgen – ehe sich eben diese kapillare Historie als Grundgeflecht zukünftiger Veränderungen der Macht-Geschichte zeigte. Der Unterschied zwischen den Verhältnissen in der DDR und der ČSSR besteht darin, daß die DDR-Stasi, die sich der politischen Möglichkeiten des »Filtrierens« bewußt geblieben war, unruhige Intellektuelle, darunter viele Künstler und Theaterleute, auf die eine oder andere Art, und insbesondere nach der Affäre Biermann, mit lange gültigen Pässen oder durch Zwangsmaßnahmen *en masse* in die Bundesrepublik abschob, während in der ČSSR die Dissidenten im Jahre 1969 aus dem Licht der öffentlichen Geschichte ins kapillare *Chiaroscuro* stürzten, und dann, in Einzelfällen, zu behördlich approbierter Emigration gedrängt wurden.

Meine Unterscheidung zwischen Dissens und Opposition verliert allerdings zusehends an Funktionalität, je enger sich in den siebziger Jahren in der ČSSR die einen und die anderen in der kapillaren Historie zusammenfinden und ihre Bedürfnisse und Forderungen gemeinsam formulieren – vor allem nach den Helsinki-Verträgen, die es denen im Dunkeln ermöglichten, die Regierung beim Wort zu nehmen und nach den Menschenrechten zu fragen. Die *Charta 77,* die so entstand, war von vielen Widersprüchen geprägt, die ihr Lebhaftigkeit und eine enorme Wandlungsfähigkeit verliehen. Sie war eine Organisation, die keine sein wollte; und Václav Havel, der zu ihren Gründern zählt, war in seinen Essays und Analysen wie eine besorgte Mutter damit beschäftigt, die eine große Bettdecke über die *strange bedfellows* zu halten – ein ehemaliges Mitglied des ZK der Kommunistischen Partei, gläubige Katholiken, ein einstiges Wunderkind der stalinistischen Poesie, die ersten »Grünen«, einige Trotzkisten, Schriftsteller wie Ludvík Vaculík (der seine Zweifel an dem Risiko hatte, das man einging), Dramaturgen, einstige politische Häftlinge, Hausfrauen, Apothekerinnen, Historiker, Arbeiter – wer die *Charta* unterschrieben hatte, zählte dazu, und nach Angabe der Organisatoren zählt die Liste 1.886 Unterschriften. Man war wie ein Illuminatenorden, beharrte auf Legalität (das heißt einen sachlichen Dialog mit der Regierung) und diskutierte die Möglichkeit, eine »parallele Polis« zu bilden, einschließlich eines parallelen Bildungswesens, das von britischen und französischen Philosophen unterstützt wurde, die in Prager Privatwohnungen Seminare abhielten. Im Gespräch über die »parallele Polis« wurden die Umrisse zukünftiger Probleme und Entscheidungen sichtbar, und als der Augenblick der Veränderungen kam, war die *Charta,* durch das Bürgerforum, im Kopf der Revolution, und nicht in ihrem Schwanz – jene Theaterleute, Schriftsteller, Publizisten und Philosophen, die sich nicht scheuten, sogleich politische Ämter zu übernehmen und so noch einmal, zumindest vorläufig, den Traum nährten, der Umgang mit Worten sei das beste Training für soziale Entscheidungsfähigkeit.

Ich nähere mich meiner letzten Frage nur wie von ungefähr, denn sobald ich mir klar darüber werden will, welche Idiome in den »sanften Revolutionen« da und dort hörbar waren, bewege ich mich auf dem dünnen Eis flüchtiger Textreflexion und vermag meine Vorurteile nicht ganz auszuschalten. Hier stellt sich, ungerufen und hartnäckig, der metaphysische Begriff des Volkscharakters ein, den ich gerne ignorieren möchte – von den bedachtsamen Deutschen und den musikalisch lebhaften Tschechen wäre nichts Neues zu vermelden, und ich versuche lieber anders zu formulieren. Die SED-Dissidenten und die ihnen in der Frage des Sozialismus zu eigenem Schaden allzu eng affiliierten Oppositionsgruppen bewegten sich im Strome der Hegelschen Philosophie, ihrer dialektisch-materialistischen Erben und der langhin wirkenden Gedankenmotive der westlichen Studentenbewegung; und dazu war mancher Diskurs von der Tradition der deutschen Innerlichkeit getragen, die aus dem Pietismus kam und im Schutz der protestantischen Kirchen ihre wie vorgegebene Heimstätte fand (die Kehrseite dieser philosophischen Loyalität war die fehlende Information in ökonomischen Dingen und die allzu zögernde politische Praxis).

Ich will damit nicht sagen, daß den Prager Bewegungen das deutsche Idiom fehlte. Chronologisch gesehen hielt man in der

ČSSR zunächst lange am Existentialismus fest, vor allem jenem französischer Prägung, der in den Jahren 1945–1948 durch die Vorlesungen und Publikationen des Komparatisten Václav Černý zu wirken begann; anläßlich der Kafka-Konferenz von Liblice (1963) tauchte das Existentialistische in unverminderter Frische auf und war dann ganz deutlich in den Gedanken Milan Kunderas zu finden. Dem Existentialismus folgte die »deutsche« Orientierung; selten war in der tschechischen Tradition die Wirkung der deutschen Philosophie so sichtbar wie in den beiden jüngsten Jahrzehnten – allerdings als Phänomenologie, greifbar in den Arbeiten Jan Patočkas und den Überlegungen Havels (dem zuzeiten auch Heideggereien nicht ganz fremd sind). Selbst wenn man bemerken könnte, daß Husserl und Masaryk Freunde gewesen waren (auch Husserl kam aus einem mährischen Dorf), folgten die philosophischen Erwägungen der Chartisten und ihrer Freunde nicht so sehr den angelsächsischen pragmatischen Ideen Masaryks, der seinen Respekt vor John Stuart Mill mit einer intimen Religiosität unerklärbar zu vereinen wußte, sondern dem Freiburger Beispiel und auch dem neueren französischen Denken (man denke an den Einfluß Lévinas' bei Havel).

Philosophien machen aber keine Revolution, sie werden von Revolutionären benutzt, und ich wage die entscheidende Differenz zwischen dem deutschen und dem tschechischen »Ton«, der nicht nur die Sprache, sondern auch Attitüden betrifft, zuletzt in der Literatur- und Kulturgeschichte zu finden. Die tschechische Literatur – und *mit* ihr die Künste und die Kritik – war durch den Surrealismus gegangen und hielt lange an seinen Impulsen fest, die deutsche nicht, oder kaum. So erkläre ich mir den deutschen Ernst und die tschechische Spielfreude, die sich zuletzt gegen die Logik und die Ketten von Ursachen und Wirkungen richtet, und das Moment der Freiheit in einem emanzipatorischen Spiel oder in einem »Studentenscherz« (das tschechische Wort ist *recese* und unübersetzbar) als Prinzip einer explosiven surrealistischen Metapher in einer Aktion realisiert – so der Einfall der tschechischen Studenten, ein mißliebiges Parteigebäude mit einem Kordon oder gar einem Hochgebirge leerer Kartons zu isolieren. Das Gerücht sagt, Václav Havel hätte sich, um die langen Korridore seines Amtssitzes auf dem Hradschin rascher zu bewältigen, Rollschuhe besorgt und gleite zu den Sitzungen, wie beflügelt, dahin. Das ist ganz im Geiste des Surrealismus, die Imagination hebt sich über die schwere Realität, *se non è vero è benissimo trovato.*

Prag und Babylon: Zu Kafkas »Das Stadtwappen«

Franz Kafkas »Das Stadtwappen« – ein merkwürdiger Bericht über den babylonischen Turmbau – zählt nicht zu den Lieblingsgeschichten der Interpreten. Ich mache mich nicht anheischig, eine ambitiöse Deutung zu liefern, eher labile und disparate Erfahrungen in der Lektüre eines Prosastückes, das die Aufmerksamkeit nur selten auf sich zog; und ich glaube dabei eher an einen fortschreitenden Prozeß der Interpretation als an problematische Endergebnisse und finde mein eklektisches Vergnügen darin, literaturhistorische, strukturelle und semantische Hinweise zu sammeln, die zukünftigen Interpretationen von Nutzen sein könnten. Babylon, und seine Geschichte der vielen Sprachen, liegt Prag ontologisch näher als anderen Orten, und es entbehrt nicht eines notwendigen Sinnes, daß alte Chroniken, vor allem auch die *Chronica Bohemorum* (1125) des Prager Dekans Cosmas, mit dem babylonischen Turmbau beginnen; ich spreche aber nur deshalb davon, weil es mir produktiver zu wissen scheint, wie Kafka Cosmas illuminiert, nicht umgekehrt. Nicht überraschend, daß sich in der von religiösen und nationalen Konflikten so gezeichneten Stadt der Gedanke an Babylon in der Imagination erneuert, nicht so sehr in der tschechischen, die in sich selbst ruhen darf, als in der deutsch-jüdischen, an den plötzlichen Abgründen und ungewissen Grenzen. Aber selbst dieser Satz, wie alle Sätze im Studium Kafkas, bedarf sogleich der Revision, denn ein babylonisches Motiv ist schon in den kriegerischen Volksgesängen der revolutionären Hussiten zu hören, die Babylon auf dem Hradschin lokalisieren, wo der König noch residierte, ein neues Jerusalem aber in der aufständischen Altstadt (das geht allerdings auf Johanni Offenbarung, und nicht auf Genesis, II, 1–9, zurück).

Bezeichnender noch, daß Babylon und seine Konflikte in einer öffentlichen Diskussion auftauchen, die der tschechische Germanist Arnošt Kraus (gestorben in Theresienstadt) im Jahre 1907 in der *Čechischen Revue* provozierte; die Zeitschrift hatte sich, wie später die amtlichere *Prager Presse*, das Ziel gesetzt, tschechische Entwicklungen einem Publikum zur Kenntnis zu bringen, das der tschechischen Sprache nicht mächtig war. Arnošt Kraus polemisiert gegen den Gedanken, die kleinen Völker sollten sich einem größeren Sprachkörper anschließen; es sei eher wünschenswert, sagt er, daß die kleinen Völker die Kultur der anderen kleinen Völker studierten. An Schwärmereien für eine verbindende Sprache, sei es das Englische oder Esperanto, fehle es nicht, aber in einer Gemeinsamkeit kleiner Völker sei es viel wesentlicher, die Geistesarbeit der anderen *authentisch* zu verfolgen (hier liegt der Grund, warum die Niederlandistik und die Skandinavistik in der tschechischen Germanistik ausgeprägtere Traditionen haben als anderswo). In einer kafkaesken Verkehrung wird Babylon zum Segensort, der Mangel wird zur Tugend, und Kraus bekennt sich dazu, »ein Babel schaffen zu wollen, Babel ist der älteste Mittelpunkt einer internationalen, von verschiedenen Sprachen kleiner Völker getragenen Kultur«. Unmittelbares Studium an den Quellen also, keine Zwischenhändler, keine Umwege über historische oder artifizielle Weltsprachen. In der Diskussion erklärten die Prager Zionisten, die Juden hätten ganz besondere Gründe, an diesem Babelprojekt mitzuwirken, denn sie seien »durch die Geschichte selbst bestimmt, an der Vermittlung friedlicher Ideen teilzunehmen«. Assimilation, vor allem die sprachliche, sei abzulehnen (obzwar die zionistische Zeitung das in der deutschen Sprache vorbringt), und die Prager Juden »werden freilich Hebräisch und Jiddisch als Sprachen ansehen, die in Babel kultiviert werden müssen«. Babel als Ziel, nicht als Fluch der Vergangenheit, und ein babylonisches Prag, schon als Vorgestalt jener »polemischen Stadt«, wie sie Josef Kroutvor in seinen jüngsten Essays vorschwebt.

Ein Schriftsteller jüdischer Herkunft und deutscher Sprache, der das Bild Babels in seiner Epoche erneuerte, um sich über Literatur und Geschichte Rechenschaft abzulegen, ist der Brünner, Wiener und, als Dramatiker, Prager Ernst Weiß, der dem Ständetheater manche Förderung verdankte. Weiß war der alten Monarchie loyaler zugetan als die meisten seiner Prager Kollegen, und in seinen Rezensionen und Essays der zwanziger Jahre spricht Weiß vom Sturz des großen Turmes, der Gewaltiges, Schönes, und Problematisches vereinte. Im Gedanken an den Fall eines grandiosen Bauwerkes hegt er, jedenfalls in seinem Rousseau-Essay von 1922, die ausgeprägte Hoffnung auf mögliche Reinigung und neue Kontur: »Während die letzten Staubwolken sich erheben, die letzten Dünste lange verborgener Verwesung sich zu entwölken beginnen, entsteht, klarer, freudiger, alles, was überlebt hat.« Das mächtige und wunderbare Reich ist dahin, »unser Babylon ist doch gefallen, sein Schönes ist in die Winde zerstreut«; anstelle von Seßhaftigkeit und Sicherheit leider nur mehr Unstetes und Ungesichertes, »wir hausen [...] wie die Hirten und Nomaden [...] heimatlos sind wir auf der Stätte der früheren Heimat«. Merkwürdig, wie Ernst Weiß die Melancholie des nachbabylonischen Momentes in geschichtsphilosophischen Trost verwandelt, der noch immer an den Rand der Hoffnung führt, nicht für die Vielen und die Massen, sondern für den kreativen Einzelnen, »vielleicht ist der Turm von Babylon deshalb gefallen, damit wir neue vielfältige Sprachen lernen, daß die Masse vom Erdboden verschwinde und der Einzelne neues, göttliches Leben gewinne«.

Der Literaturwissenschaftler Hartmut Binder hat das Bild

vom babylonischen Turm zum Range eines zentralen Motivs in Kafkas Werk erhoben, und selbst wenn ich mich gegen diese Monopolisierung wehre, darf ich nicht leugnen, daß es in seinen Schriften, früh und spät, und in zwei seiner Briefe erscheint. Das frühe Beispiel, in »Beschreibung eines Kampfes«, enthält kritische Gedanken zur Poetologie, wie es einem jungen Schriftsteller wohl ansteht, und impliziert die Frage, welche Kunst- und Schreibweisen anderen vorzuziehen seien. Es genügt jedenfalls nicht, das Turm-von-Babylon-Motiv in diesem frühen Prosastück einfach zu katalogisieren und die Gesprächssituation und die rhetorische Polemik außer acht zu lassen. Ein Ich-Sprecher findet sich hier im Gespräch mit einem Kollegen/Schriftsteller, der durch seinen schauspielernden Solipsismus auffällt, und selbst wenn ich der Versuchung *nicht* erliege, diesen Literatur-Partner Franz Werfel zu nennen, vermag ich mich doch, insbesondere nach der Lektüre von Klaus Wagenbachs Buch *Franz Kafka: Eine Biographie seiner Jugend* (auch über die Kunstsprache der Prager Dichter), dem Verdacht nicht zu entziehen, daß der Sprecher über die metaphysisch aufgeregte Rhetorik seiner Prager Kollegen urteilt, »dieses Fieber, diese Seekrankheit auf fester Erde«. Leider hat sich sein Partner nicht damit begnügt, eine Pappel eine Pappel zu nennen; er begnügt sich nicht, »vor lauter Hitze« mit den »wahrhaftigen Namen der Dinge« und schüttet in einer auffälligen Eile Benennungen über die Dinge hin. Im Grunde will er gar nicht wissen, was für ein Baum die Pappel ist, nennt sie »den Turm von Babel«, und der Sprecher meint ironisch, der andere hätte den im Winde schwankenden Baum ebenso gut »Noah, wie er betrunken war« nennen können. Die Metapher vom babylonischen Turm ist nicht geeignet, Einsicht in die Dinge zu fördern (im Gegenteil), aber doch Einsicht in gutes oder schlechtes Schreiben, wie sich das der Sprecher vorstellt – eben weil die Metapher zum zentralen Beispiel für den *falschen* Stil wird.

In der Analyse des »Stadtwappens«, um Kafkas Prosastück

mit Max Brods Titel zu nennen, folge ich zunächst den strukturellen Anregungen Werner Zimmermanns, finde aber nicht vier, sondern drei Bestandteile des Textes (zitiert nach: Franz Kafka, *Gesammelte Werke*, hg. von Max Brod, Bd 8, *Beschreibung eines Kampfes*, Frankfurt am Main 1954, S. 94f.); der erste erstreckt sich bis Zeile 29 (»von neuem anzufangen«), charakterisiert durch einen doppelten Wechsel der Perspektive; dann der zweite (Zeile 30 bis 48); zuletzt der dritte, der aus den sechs letzten Zeilen besteht. Im ersten Bestandteil wird, um eine strukturelle Formel zu finden, im Wechsel berichtet und analysiert, und wenn ich den distanzierten Bericht mit B und die Analyse, aus größerer Nähe, mit A bezeichne, ergibt sich die chiastische Formel B:A A:B. Die dogmatische Formel ist allerdings nicht ganz genau, denn der Text selbst setzt sie an einer Stelle außer Funktion. In der ersten Hälfte des epischen Elements wechseln jedenfalls ein Bericht über die Organisation der Arbeit (B, Zeile 1 bis 5) und ein näheres Eingehen auf die Gedanken der Planungskommission (A, Zeile 5 bis 9); der Chronist berichtet, nicht ohne diskrete Ironie, von der komplizierten Organisation des Unternehmens, ehe sein Hinweis auf »die damals herrschende Meinung« die Analyse dieser Meinung und ihre Implikationen signalisiert. Die andere Hälfte des ersten Erzählteiles (Zeile 9 bis 29) wiederholt den Perspektivenwechsel, aber eben in verkehrter Reihenfolge. Zeile 9 bis 26 entfaltet die Gedanken der Planer; die Größe des Projektes ist wesentlicher als die Größe des Turmes, und der Fortschrittsoptimismus erwartet immer Besseres von zukünftigen Generationen. Der Berichterstatter reproduziert diese Gedanken mit Präzision, und stürzt sich, indem er das Argument wiedergibt, so tief in den Gedankengang der Planer, daß er sich zuletzt selbst vergißt, um sich mit ihrem »wir« zu identifizieren. Er spricht ihre rhetorische Frage aus und wandelt sich so, zumindest für einen Augenblick, vom Chronisten zum Anwalt der Planungsbehörde, ja wird eines ihrer Mitglieder. An dieser Stelle aber (Zeile 23) schlägt die Nähe in Distanz um, denn dem Moment der rhetorischen Identifikation folgt wieder der distanzierte Bericht oder, mit einer Filmanalogie, dem *close-up* das *panning* der Kamera. Die Frage ist nur, ob die Rhetorik der Planungskommission nicht ihre Spuren im Bewußtsein des Berichterstatters hinterlassen hat; seine Erwartungen, die nächsten Generationen betreffend, sind von den Erwartungen der Planer gefärbt, und nur das Zitat »eher« (Zeile 26) läßt darauf schließen, daß er dem Argument der anderen, das er eben so überzeugend vorgetragen hat, nicht selbst ganz zum Opfer gefallen ist.

Im zweiten Erzählteil überwiegt der Bericht (Zeile 30 bis 48) mit seinem charakteristischen Imperfektum (die einzige Ausnahme ist in Zeile 38 zu finden), und die Überraschungen sind eher lexikaler als perspektivischer Art. Unter den Worten, die so klingen, als hätte sie der Text gleichsam von der Straße her oder aus den Zeitungen absorbiert (in Kafkas Texten nicht eben häufig), fällt »die Landsmannschaft« sogleich auf, weil sie, zumindest für eine neuere Leserschaft, einen Organisationsbegriff späterer politischer Auseinandersetzungen vorausnimmt. Ein Blick ins *Grimmsche Wörterbuch* belehrt zwar, aber in diesem Falle nicht genug. Das Wort bezieht sich seit dem späten 18. Jahrhundert auf Gruppen gleicher regionaler Herkunft, etwa bei Lessing, Wieland, Moser, Goethe, und bezeichnet dann, in einem schon verengten Sinne, regionale Vereinigungen von Universitätsstudenten, oft im Gegensatz zu anderen Studentenkorps. Auch an den k. u. k. Universitäten gebrauchte man das Wort, aber eher gegen Ende des 19. Jahrhunderts (in der Prager Lese- und Redehalle der Studenten wird man davon sicherlich gesprochen haben). Das Wort hat allerdings noch eine zweite Quelle, und die ist das Jiddische, wo es, ohne die akademische Verengung auf Studenten, eben den »Landsmann« bezeichnet, der sich seit seiner Emigration aus dem »Schtetl« mit anderen, aus der gleichen Gegend, in der Landsmannschaft organisiert, um an seine Heimat zu denken, Freundschaften zu pflegen oder gar durch eine gemeinsame Kasse dafür zu sorgen, daß die Mitglieder einer Landsmannschaft auch auf dem Friedhof beieinander liegen. In New York gab es zu Beginn des Jahrhunderts Dutzende dieser jüdischen Landsmannschaften, und den jüdischen Emigranten in Prag, die im Ersten Weltkrieg vor den Russen flohen, war dieses Wort der jiddischen Umgangssprache nicht fremd. Der Text der Berichterstattung neigt jedenfalls zu der älteren deutschen und jiddischen Semantik; die Arbeiter, die sich in Landsmannschaften vereinigen, sind also Zugereiste, die untereinander der Dolmetscher bedürfen, Quartiere bauen und verschönen. Ihre ganze Stadt, die ihrer Kunstfertigkeit so viel verdankt, ist schon ein Babel, ehe es zu Babel wird.

Ein anderes Wort, das den Interpreten anzieht, ist »Himmelsturmbau« (Zeile 46), weil es durch seine syllabische und semantische Prägung aus Kafkas Wörterbuch herausfällt. Ich lese das Wort, das die melancholischen Eindrücke der zweiten und dritten Generation mit der fast unhörbaren Ironie des Chronisten verbindet, auf doppelte Weise, und die zweite verstärkt die Negation. In der herkömmlichen Lesart, die mit den Elementen »Himmels-Turm-Bau« arbeitet, sind die Silben, dem Herkommen nach, so fugenlos ineinander gefügt, wie es die Arbeiter mit den Steinen tun sollten. Sie tun es aber nicht, und der gefügte Bau des vielsilbigen Wortes ist ein künstlicher Ersatz, weil *flatus vocis,* für die architektonische Materialität, die fehlt. Die zweite Lesart, die einen einzigen Konsonanten im mikrologischen Widerspruch gegen die traditionelle Grammatik mit der dritten Silbe verbindet (also: Himmel-Sturm-Bau) verstärkt die biblische Assoziation, denn die Bewohner des ebenen Landes wollten sich ja himmelsstürmend »einen Namen machen« – das so gelesene Wort sabotiert aber diese Assoziation zugleich durch die Spur einer Geste, der keine Entschlossenheit mehr entspricht. Im Bericht des Chronisten ist nirgends die Rede davon, daß da ein überwältigender »Ziguratt« wirklich zur Höhe strebte. Die Planungsenergien sind längst ins Horizontal-Gewerkschaftliche abgelenkt, und die Baudiskussion will zunächst nur die Fundamente legitimieren, die in Kafkas Vorstellungswelt auch sonst erscheinen, so zum Beispiel im »Gruftwächter«. Ob diese Fundamente auch wirklich gelegt wurden, ist noch eine ganz andere Frage. Eugène Ionesco schrieb einmal in den fünfziger Jahren, dieser Turm sei zerstört worden, weil ihn die Menschen nicht beendeten. Wollte ich Ionescos Gedanken zu Ende denken, ich würde glauben, die Stadt wäre zerschmettert worden, weil sie, *anstelle des Turmes,* ausgebaut und verschönert worden war, und so bezeugte, daß die Menschen ihrer Blasphemie untreu geworden waren – aber wer weiß nicht, welches Verlangen nach transzendentaler Gegenwart sich in der Blasphemie maskiert, und gerade in ihr? Es heißt ja: Die Stadt wurde zerschmettert (diese Architektur der metaphysischen Indifferenz), nicht der Turm, denn es war ja keiner da – *wäre* er da gewesen, er hätte gezeigt, daß sich die Menschen zumindest zu einem negativen Verhältnis zur Transzendenz gedrängt fühlten, wenn sie schon kein affirmatives besaßen.

Der dritte Erzählteil endlich, die letzten sechs Zeilen, setzt sich in Gegenwart zu den vorangegangenen Berichten und Analysen; anstelle des narrativen Imperfektums, im Bericht, oder des Präsens, in der Gedankenanalyse, tritt das Perfektum und das Futurum; die letzten Zeilen sind also gesprochen, nicht geschrieben, und der Chronist und Analytiker verwandelt sich in einen Bekenner, Warner und Propheten, der seine Gewißheiten aus archaischeren Quellen schöpft und den plötzlichen Untergang der Stadt, wie Jeremias und Jesaia, voraussagt. Max Brod meinte, Kafka habe an das Wappen der Stadt Prag gedacht, das eine geballte Faust zeigt, aber eine weniger topographische Lokalisierung des Textes wäre mehr. Das Wappen der

Prager Altstadt, aus dem später das Wappen der Großstadt hervorging, zeigte vor dem Jahre 1649 drei Zinnentürme und ein offenes, aber leeres Tor, und erst nach Ende des Dreißigjährigen Krieges Türme, Tor und im Tore eine gepanzerte Hand, die ein blankes Schwert gegen Eindringlinge zückt (zu Kafkas Zeiten bedurfte es keiner heraldischen Studien, denn das Wappen war in dieser Gestalt an der Seitenwand jeder Straßenbahn zu sehen). Eine *geballte* Faust, wie Brod impliziert, führte das Prager Wappen nie; und Kafka, *wenn* er an das Prager Wappen dachte, hat das heraldische Emblem korrigiert, wie er auch ein anderes korrigierte, nämlich die Freiheitsstatue im Hafen von New York – ihr gab er das Schwert anstatt der Fackel, die sie sonst hält, und im Prager Wappen fehlt das Schwert, und die nackte und gewaltige Faust drängt den Warner dazu, von der zukünftigen Zerschmetterung zu reden. Das korrigierte Prager Emblem mag aber die böhmische Leserschaft daran erinnern, daß der gepanzerte Arm mit Schwert im Prager Altstadtwappen ein am 20. April 1649 attestiertes Geschenk des habsburgischen Kaisers Ferdinand III. an seine loyalen Bürger war, welche die Prager Altstadt im letzten Augenblick des Dreißigjährigen Krieges gegen die Schweden verteidigten, die sich eben noch der Kleinseite auf dem anderen Ufer der Moldau bemächtigt hatten – eben jene protestantischen Schweden, welche die Sache der böhmischen Aufständischen, Jahre nach der verlorenen Schlacht am Weißen Berge, fortführten und viele tschechische Flüchtlinge zu den Ihren zählten. Es gibt eine geradezu epische, wenn auch ein wenig gravitätische Beschreibung dieser »furchtbaren Geschichte«: »die Studenten und Professoren der karolingischen Universität tun sich auf das Kräftigste hervor, tüchtige Hauptleute beleben das Militär: Die Frauen besorgen Verwundete, und die Juden, unfähig Waffen zu tragen, erweisen sich unermüdlich beim Löschen«; und wenn sich auch der Wille gezeigt haben mag, zu kapitulieren, war es das Verdienst des kaiserlichen Befehlshabers Don Innocencio Conti, die Verhandlungen zu verzögern und zu warten, daß inzwischen die Nachricht vom Friedensschluß in Münster eintraf. »Die höchstbedrängte Stadt erfreute sich ihres Charakters«, so fährt Goethe fort, denn es ist kein geringerer, in seinen Exzerpten aus der *Monatsschrift der Gesellschaft des vaterländischen Museums in Böhmen*, »der Kaiser war dankbar für die großen Aufopferungen, für allgemeine Lieb und Treue, und begünstigt alle [...]«. Ich glaube durchaus nicht, daß sich Kafka dieser Geschichte bewußt war, als er ein Wappen beschrieb (ohne Schwert), aber es entbehrt nicht einer historischen Ironie, daß seine Korrektur des Emblems, *wenn* es eine war, eine historische Abirrung der Bürger bezeugt (die nach dreißigjähriger Gehirnwäsche nicht mehr begriffen, wer ihre Feinde oder ihre Freunde waren), und das innerhalb eines Textes, der selbst als die Geschichte eines alten Abirrens von dem einmal getroffenen Entschluß gelesen werden darf.

Am Ende des Kafkaschen Textes ist es bedenkenswert, daß der Chronist oder besser: der ehemalige Chronist, der sich zum Warner und Propheten gewandelt hat, mit einem Male eingesteht, von einem *prophezeiten* Tag gewußt zu haben, ebenso wie die Planer und Bauleute auch, denen die in der Stadt umlaufenden Mythen nicht unbekannt gewesen sein dürften. Der schon prophezeite Tag, und das Bewußtsein davon, verändert aber alles; man ist angehalten, den ganzen Text noch einmal von vorn zu lesen, und alles Tun und Denken erstarrt wie in einem plötzlichen und fahleren Licht. Die Leute wissen, daß der Tag der Zerschmetterung vorhergesagt ist, und die Frage erhebt sich, ob sie den Turm planten, gegen die zerschmetternde Kraft von oben, Turm gegen Faust, oder ob sie sich, in ihrer Alltäglichkeit, in Organisationsprojekten, Verschönerungsanlagen und Kunstfertigkeiten zerstreuen wollten, *ehe* die gefürchtete und ersehnte Faust zuschlägt. Jedenfalls gibt es zwei Arten von

Texten, die in diesem Text zum Vorschein kommen; Argumente und Friedensschlüsse die einen, Sagen und Lieder die anderen, die einen im Irdischen wirkend und das Irdische fördernd, die andern mit dem Erhabenen, das gewaltiger ist als das begrenzte Menschliche, Aug in Aug. Der Bericht beginnt ja mit den originalen Worten der Erhabenheit, »Im Anfang war [...]«, um dann sogleich in das Bathos der Unterkünfte, Verkehrswege und Arbeiterstädte abzustürzen oder sich sogar mit der törichten Zukunftsperspektive der Planungskommission zu identifizieren, ehe sich der Blick des Berichterstatters, und zuletzt des Warners, wieder ins Erhabene, also das Überwältigende, Schreckliche und ganz Andere öffnet; im Bündnis mit eben jenen Textarten, wie Sagen und Liedern, die unberührt sind von flacher Betriebsamkeit, allzu billigem Fortschrittsglauben und landsmannschaftlichen Verschönerungsprojekten. In diesem Sinne hat Kafkas »Stadtwappen«, ebenso wie »Beschreibung eines Kampfes«, mit Poetologie zu tun – in »Beschreibung eines Kampfes« die Polemik gegen die Unsachlichkeit und das falsche Klischee, hier das fortschreitende Oszillieren und Schwanken einer Erzählweise, die das Begrenzte hinter sich läßt, um endlich das Unendliche, auch in seinem Schrecken, vorzuführen und zu zeigen. Man hat Kafkas »Stadtwappen« eine Parabel genannt, und sie ist auch eine – eine von seiner Art zu schreiben, von der verborgenen Sehnsucht nach dem Erhabenen, mitten im Alltäglichen, überhaupt.

Noch einmal: »René Rilkes Prager Jahre«

Eine internationale Rilke-Konferenz in Prag ohne politische Enge ist der schönste Ort, darüber zu berichten, wie ich vor langer Zeit ein kleines Buch über den jungen Rilke schrieb, welches die widersprüchlichste Aufnahme fand. Ich schrieb den langen Essay im ersten Jahr meiner Emigration, kaum hatte ich das Lager für *Displaced Persons* in Oberbayern verlassen, an freien Abenden und am Wochenende, leider nicht in der Bayrischen Staatsbibliothek, die um diese Zeit gewöhnlich geschlossen war, sondern im schicken Münchener *Tearoom* an der Maximilianstraße. Tagsüber war ich in der Redaktion des Senders *Free Europe* beschäftigt, und ich denke gerne an jene Gründerzeit zurück, in welcher wir mit Pavel Tigrid, der die Sendungen leiten sollte, in einem kleinen Wirtshaus saßen und hochfliegende Pläne schmiedeten (er ist heute Kulturminister der tschechischen Republik und hat andere Sorgen). Mein wissenschaftliches Material war ziemlich dünn, denn ich mußte bei der nächtlichen Wanderung über die Grenzwege einen Koffer im Dickicht des Böhmerwaldes zurücklassen (er war mir zu schwer), aber eine Sekretärin der Kgl. Dänischen Gesandtschaft in Prag hatte mir ein fragmentarisches Exemplar von Phia Rilkes *Ephemeriden* (das mir mein Freund Ladislav Kulhánek im Antiquariat Orbis aufgestöbert hatte) in der diplomatischen Post herausgeschmuggelt, und ich hatte so wenigstens *einen* raren Text. Merkwürdig genug, daß der Verlag, welcher mein *opusculum* auf Empfehlung des Münchner Kritikers Kurt Hohoff publizierte, Eugen Diederichs war, und ich kam erst später darauf, daß jener im Jahre 1913 Tomáš G. Masaryks Originalausgabe des Werkes *Rußland und Europa* veröffentlicht hatte, und ich war nicht wenig, wenn auch illegitim, stolz darauf.

Das Buch hing mir jahrzehntelang nach, und ich erhielt viele Briefe beleidigter Rilkeverehrer, die mich beschuldigten, Rilke zu hassen, oder, im besten Falle, ein unerträglicher Anhänger Stefan Georges zu sein, der den Prager Konkurrenten eins auszuwischen suchte. Man muß sich ins Gedächtnis zurückrufen, was Rilke der deutschen Leserschaft bedeutet hatte, und warum. Hitler herrschte, aber Rilke war der geheime König der deutschen Seele, und wer in seinem »Weltinnenraum« Zuflucht suchte, in welche die Sondermeldungen des Großdeutschen Rundfunks nicht hineindrangen, verehrte ihn in fast religiösem Maße. Viele junge Schriftsteller, und nicht die schlimmsten, lasen sich in ihn hinein und aus der Geschichte hinaus. Einer von ihnen war der Privatangestellte Alfred Andersch in Hamburg, der sich allerdings nicht im »Weltinnenraum« verlor und später bei Nettuno aus der Wehrmacht desertierte. Es gab Rilke-Leser, die sich in der Epoche des Krieges, der Persekutionen und der Diktatur die Frage stellten, ob ein Leben in der Geschichte mit dem Rilke-Kult zusammenstimme, und in den späteren Kriegsjahren begann sich ein Umschlag vorzubereiten, der dann um 1945 und vor allem in der Gruppe 47 zutage trat, in deren Erinnerungen Rilke keine Rolle mehr spielte. Der Rilke-Ton an sich war verdächtig, und als man ihn in den Gedichten des jungen Paul Celan (oder in der Art, seine Gedichte zu lesen) zu entdecken glaubte, entzog ihm die Gruppe 47 damals ihre Sympathie, und er wurde nicht wieder eingeladen. Die einen wie die anderen setzten den König der Seele einfach ab; die Gruppe 47 in poetologischen Hemdsärmeln, und, auf der entgegengesetzten Weltseite, Gottfried Benn, der erste deutsche Einwohner der *Posthistoire*, mit seiner (allerdings maßvollen) Polemik gegen Rilke, den Dichter des »Wie« und des seraphischen Tons, bei dem es immer gleich »losgeht und man schnell anlangt bei schöner Nacht und Stille«.

Aus ähnlicher Ernüchterung schrieb ich auch meinen Rilke-Essay. Der junge Rilke sollte in seinen biographischen Zügen, menschlich, allzumenschlich aus den Weihrauchschwaden hervortreten, auch in seinem Verhältnis zur tschechischen Geschichte Prags und ihrer literarischen Kultur, die man gerade damals in Deutschland nicht gerne zur Kenntnis nahm. Ich war in meiner Ernüchterung nicht allein, und ich zitiere ein anderes Zeugnis, nämlich Franz Fühmann, oder wie er sich damals noch nannte, Franz Peter Fühmann, den späteren Freund und Übersetzer tschechischer Lyrik in schwieriger Zeit. Ich hatte ihm, so gegen 1940 oder 1941, einen Fanbrief über den Hamburger Verlag Ellermann geschrieben, in dessen lyrischen Flugblättern Fühmann seine ersten auffallend elegischen Gedichte publiziert hatte; und ich war sehr überrascht, als sich der Elegiker in seiner Feldpostantwort als junger fanatischer Nationalsozialist erwies, der mir schrieb, man müsse (er war damals in Athen stationiert) die Akropolis in die Luft sprengen, um der alten europäischen Geschichte ein Ende zu setzen. Er legte mir auch einige Verse bei, die er später nicht in seine gesammelten Werke aufnahm, und sie sind, wenn ich nicht irre, bis heute unpubliziert geblieben. Sie waren »Abschied von Rilke« benannt und konfrontierten den Leser mit einer historischen Realität, die nichts ihresgleichen besaß, »aus Kellern quoll's / dieses gebündelte Morden und Schlachten / ausgerissene Herzen lagen vor Brüsten ... / zerspalten / und das Blut kroch wie Algengeflecht über die fahlen Hände ...« Dem Zeugen solcher historischen Augenblicke war es nicht mehr möglich, Rilke noch zu folgen, »du träumtest die Schau hinüber / uns aber ist zu träumen verwehrt, denn welcher Traum reicht / tiefer hinein in das Chaos als unsere Augen?« Franz Peter Fühmann wußte selbst, wie schwierig es war, von Rilke Abschied zu nehmen, denn auch dieses Abschiedsgedicht war ja noch in poetischer Erinnerung an Rilkes Spätwerk geschrieben, und es gibt keinen Gedichtband, der die Sprache und Syntax der *Duineser Elegien* loyaler in die neue politische Dichtung der DDR hinübergerettet hätte als Fühmanns Band *Fahrt nach Stalingrad* (1953), das lyrische Dokument seiner hektischen Konversion zum Marxismus-Leninismus.

In meinem Buch hielt ich den Kreis meiner Texte zu eng, konzentrierte mich auf die *Larenopfer*, anstatt sie im Kontext der Jugendlyrik zu sehen, suchte allzu störrisch nach biographischem Material und mißtraute jedem Gedanken, der sich über Kausalität und Chronologie schwebend hinweghob. Der berühmte Prager Komparatist Václav Černý meinte im seinem ersten Rilke-Aufsatz (1966), Jan Hus stünde in der Mitte der *Larenopfer*, und ich finde es gleich ungenügend zu sagen, daß dem so ist, wie zu behaupten, dem sei nicht so. In der mathematischen Mitte der Sammlung befindet sich jedenfalls das Huldigungsgedicht an den tschechischen Dichter Julius Zeyer, welches (als eines der raren Sonette der Sammlung) das Element der Kunst deutlich hervorhebt. Rio Preisner hat unser Ohr für die feineren Andeutungen eines religiösen Protestes geschärft, welcher in Renés Lyrik hörbar wird, und das Gedicht »Superavit« (mit seinem lateinischen Titel und der Wendung »das lehrt uns«) befindet sich erst auf halbem Weg, und das nicht ganz, zum Protest gegen die Religiosität seiner Mutter Phia. In diesem Hus-Gedicht blickt einer, der sich noch mit einer Gesellschaftsgruppe identifiziert (wir) auf den Tod des religiösen Märtyrers zurück. Es geht ihm nicht so sehr darum, das Theologische zu begreifen, als eine »starke Tat«, einen »Hochgeist«, einen »Genius.« Jedenfalls sieht das Gedicht Hus nicht als Ketzer, sondern als Reformator (das wäre Hus sehr sympathisch gewesen) und trifft eine Unterscheidung zwischen seiner »Lehre«, die zu »fürchten« ist (was immer sie sein mag), und seinem tiefen und reinen Geist, der »scheue Ehrfurcht« fordert. Das innere Argument des Gedichtes, unterstützt durch das »denn« (erste Strophe), das »doch« (zweite Strophe) und den Gedankenstrich in der dritten Strophe – eben dort, wo die Gegensätze von Lehre und Herzensreinheit, Furcht und Ehrfurcht aufeinanderstoßen – ist nicht zu überhören; das Gedicht polemisiert gegen die Verketzerung des Märtyrers, aber um den Preis, daß es seine besondere Kirchenlehre beiseite schiebt und ihn als die Gestalt einer Herzensreinheit rühmt, die zuletzt inhaltslos bleibt. Immerhin: Es ist ein kleiner Schritt, auch in diesem didaktischen und mit dem Zeigefinger geschriebenen Gedicht, gegen einen Klerikalismus, der René Maria, auch von der Schule her, nicht unbekannt gewesen sein dürfte. Es ist wenig bekannt, daß auch der sozialrevolutionäre Benito Mussolini einmal ein Buch über Jan Hus schrieb, das ähnliche Gedanken ausspricht, aber polemischer zugespitzt und in kirchenfeindlicher Rhetorik.

Schade, daß Václav Černý nicht über die *Larenopfer* hinauslas, denn er hätte in den Konstanzer Gedichten des jungen Rilke andere Stücke gefunden, in welchen sich der Autor in Hus hineindenkt, zum ersten und zum letzten Male. Im Gedicht »Vision« (18. 4. 1897) bewegt sich ein Wanderer, der von draußen kommt, nächtlich durch die alte, die »greise« Stadt Konstanz, die so viel Geschichte erlebt hat, und spürt in ihren dumpfen Gassen noch etwas von dem »alten Pfaffenhassen / eines erlösenden Flammenwortes«. Der Wanderer fragt nach den Träumen oder gar Alpträumen, welche die Stadt beunruhigen, und erfährt, was sie in diesen Träumen verdrängt – jene Heldengestalt, die eben, da die Osterglocken läuten, »riesenreckig« über das Zinnentor emporwächst, geradezu ins Gigantische und Kosmische, »Schultern sind da / erstarkt im Sturm / ehern, darauf geschraubt / Brust / sternumlaubt / herrlich ein Heldenhaupt mit dem Ketzerhut ...« Das Gedicht weicht diesmal nicht ins

Unhistorische aus; der Held, Hus, trägt den Ketzerhut, jene Papiertüte mit drei darauf gemalten Teufeln, die man ihm aufsetzte (wie Peter von Mladonovice berichtet), ehe er zum Scheiterhaufen ging. Hus ist der Vergangenheit der »Worteschlachten« längst entrückt und »lacht nur«, und Lachen ist Revolte, über »Kaiser – und Pfaffenspiel«. Merkwürdig, wie sich der Wanderer mit dem Giganten identifiziert; es ergibt sich im letzten Vers, daß Hus selbst die Träume der Stadt ergründen will, als ob er selbst wissen möchte, was sich von ihm in den Konstanzer Nachtgedanken erhalten hat – und der Wanderer, der erforschen will, »was Konstanz für Träume hat« (die beiden Verse sind gleichlautend), hat sich dem Willen des Ketzers längst gebeugt.

Ich zähle das Gedicht »Vision«, in dem sich der Wanderer und der revolutionäre Ketzer als poetische Psychoanalytiker vereinen, um die historischen Verdrängungen oder besser, die Bürden des Gewissens in den Träumen der Konzilstadt zu erforschen, zum Zyklus der *Christus-Visionen* (1896–1898), zumindest als assoziiertes Stück, Nebenform, oder Echo. Hus als religiöse Riesen- und Ketzergestalt, ein Revolutionär des Christlichen, in Opposition gegen weltliche und religiöse Autorität, ist ein Spiegelbild des aufständischen Christus, wie er die *Christus-Visionen* belebt, auch in der Szene auf dem alten Prager jüdischen Friedhof (6. 10. 1896), wo Christus Rabbi Löw, hier den Repräsentanten einer unbeugsamen Religion des Vatergottes, noch in seinem Grabe provoziert: »Dir auch gefiel es, Alter, manchen Spruch / zur Ehre jenes Gottes zusammen zu schweißen. / Wer hat dich, morscher Tor, auch blättern heißen / in alten Psalmen und im Bibelbuch?« Der riesige Hus, über den Türmen von Konstanz, der späte Christus auf dem Prager jüdischen Friedhof, sind religiöse Anarchisten, die sich von aller Autorität, vor allem der väterlichen, zu befreien suchen; und daß auch noch, im Konstanzer Gedicht, die feierlichen Osterglocken als ein Zeichen der Erneuerung läuten, verbindet das Hus-Gedicht Rilkes mit dem späteren religiösen Erlebnis der Moskauer Osternacht, jener langen, »ungewöhnlichen, ungemeinen, erregten Nacht«, *Christos Voskresj*! (31. 3. 1904) Hus steht gewiß nicht in der Mitte der *Larenopfer*, aber die Lektüre späterer Texte rückt ihn näher zu ihr hin.

Das Interesse des jungen Rilke für Jan Hus, den herzensreinen Reformer und anarchischen Ketzer, wird allerdings verdrängt durch die Anziehungskraft des frühen siebzehnten Jahrhunderts. Rilkes frühe historische Imagination hält auffällig am Dreißigjährigen Krieg und an der Rudolfinischen Epoche fest, in den *Larenopfern* (1895) nicht weniger als, ins Moderne sublimiert, in den *Zwei Prager Geschichten* (1899). Man könnte von einem rudolfinischen Feld seiner Phantasie sprechen, selbst wenn seine Szenen aus dem Dreißigjährigen Krieg ihrer Entstehungsgeschichte nach den Gedichten über den saturnischen Kaiser Rudolf II. im Gespräch mit dem Astrologen (die Quelle mag Grillparzer sein) und das Tryptichon über Rabbi Löw, gewiß aus den Prager *Sippurim* herstammend, lange vorangehen dürften. Das historische Prag René Rilkes ist nicht das přemyslidische oder karolinische, nicht das hussitische noch das josephinische, sondern der barocke Ort Rudolfs, seines wahnsinnigen Sohnes, des Fenstersturzes, der weltabgewandten Karmeliterinnen und des Krieges, der auf der Karlsbrücke wieder zu Ende geht. Ich sage das nicht deshalb, um Rilke zu einem Klassiker des »magischen Prag« zu erheben (an solchen herrscht ja kein Mangel); mir geht es eher darum, ihn mit einem anderen tschechischen Autor des Zeitalters näher zusammenzurücken, der das Rudolfinische und Barocke liebte und zeitlebens in immer neuen Variationen entfaltete. Ich meine Jiří Karásek ze Lvovic, dem in unseren Gesprächen über den jungen Rilke und seine tschechischen Erfahrungen, aus vielen Gründen, der ein wenig ältere tschechische Dichter Julius

Zeyer im Wege steht und unser Interesse ungebührlich monopolisiert.

Meine Polemik richtet sich vor allem gegen mich selbst, denn ich befand mich ja unter jenen, welche die Frage nach den möglichen Gemeinsamkeiten Rilkes und Zeyers erhoben und das Poetische nicht scharf genug vom Biographischen trennten; und der Gedanke an Valerie von David-Rhonfeld, Zeyers Lieblingsnichte und René Rilkes erster Prager Liebschaft, tat ein übriges. Über Zeyer und Rilke wissen wir, dank Jaroslava Patejdlová-Janíčková manches, über Karásek und Rilke weniger; und ich fürchte, daß uns gerade unsere positiven Kenntnisse biographischer Art daran hinderten, über Rilke und Karásek wenigstens zu spekulieren, ohne nach Einflüssen oder Abhängigkeiten zu fragen. Es steht außer Zweifel, daß der junge Rilke im Hause Valeries und ihrer Mutter mit Julius Zeyer zusammentraf und ihm aus den *Larenopfern* vorlas. »Ich fühlte mich überrascht«, schrieb Rilke, »einerseits durch den aufrichtigen, warmen Beifall, den er mir mit Miene und Blick zollte, andererseits durch die Episoden und Erzählungen, die er in schlichter Weise wiederzugeben versteht.« Zeyer wiederum berichtete in seiner Korrespondenz (27. 1. 1896) über den »im ganzen und großen sympathischen jungen Herrn Rilke«, der ihm eine Art von Verehrung entgegenbrachte, und fügte hinzu, der junge Rilke sei des Tschechischen nicht genügend mächtig, um seine Schriften im Original zu lesen. Wir wissen nicht, welche Gedichte der *Larenopfer* Rilke Zeyer vorlas, und ich schaudere bei dem Gedanken, daß er sein Ergebenheitssonett an Meister Zeyer aus diesem Gedichtzyklus zum besten gegeben haben könnte. Seine Charakteristik Zeyers hat ihre eigenen Probleme. Zeyer erscheint durchaus als der noch verkannte Patriot, der wie Rilke selbst »die Art« und »die Sagen« des tschechischen Volkes sucht, »aus deinen Liedern weht der Heimat Äther.« Die exotischen und preziösen Züge Zeyers sind drei Strophen lang abwesend, ehe er sich dann im zweiten Terzett als »echter Orientale« einstellt, der das tschechische Volk daran mahnt, auch in all seinen Kämpfen in der Alhambra der Kunst zu rasten (ich glaube, *die* Kunst zu rasten, wie es im Texte steht, ist ein Druckfehler, der sich durch die Ausgaben schleppt).

Es war gerade die Untugend meiner Arbeit über den Prager Rilke, zuviele Angaben biographischer Art zu suchen und die Implikationen des literarischen Textes zu vernachlässigen. Ich las an den literarischen Diskussionen in den *Zwei Prager Geschichten* nahezu vorbei, und ich meine nicht so sehr die Kunstgespräche in der *Národní Kavárna* als die intimere Argumentation Rezeks und Bohuschs in den dunklen Gassen und im Angesicht Prags. Rezek entwirft ein literarisches Programm, mit dem der arme Bohusch nicht ganz zufrieden ist; und nicht ergibt sich, daß der politische Extremist, Rilkes Raskolnikow, in literarischen Dingen in einem sentimentalen Konservatismus verharrt. Der Anarchist Rezek geht als verspäteter »Májovec« zur nationalen Volksliedtradition zurück und verdammt die zeitgenössische Literatur der Moderne als töricht, aus der nationalen Art geschlagen oder gar »krank«. Anstatt die neuen Zerstörer alter Traditionen zu begrüßen, spricht er von »den Fremden«, die vom fernen und exotischen Orient, von den Kreuzzügen und vom schwarzen Mittelalter schreiben (man ist versucht zu sagen – wie Julius Zeyer) oder Greuelszenen, Orgien, Dirnen und »die Mannesliebe in schweren Strophen feiern« (zum Beispiel – wie Karásek ze Lvovic). Sobald man Rezeks Ideen gegen den Horizont zeitgenössischer Diskussionen projiziert, in welchen J. S. Machar eben mit Vítězslav Hálek kritisch abrechnete, liegt die Einsicht nicht fern, daß Rezek eine Verteidigung Háleks und seiner Sache impliziert und auf die konservative Seite zu stehen kommt, ohne jeden Bezug zu den ästhetischen Vorstellungen seiner eigenen jüngsten Generation. Da ist selbst der bucklige Redaktionskopist Bohusch, Rilkes

Smerdjakov, moderner, denn er mahnt daran, die neue Literatur sollte zumindest aus dem Herzen der Armen und Geplagten kommen (er denkt an Courbets Steinklopfer, die er in einen Steinbruch hinter Smíchov versetzt). Der Terrorist Rezek hat überhaupt keine Sympathie für die radikale Literatur seines Jahrzehnts, weder für ihre Ansätze in *Lumír* noch das Manifest der tschechischen Moderne, noch die *Moderní Revue*.

René Rilke hält sich in den *Larenopfern* an Rezeks Programm, wenn er die böhmischen Volksweisen rühmt (das hat man ihm wiederholt und mit Recht vorgeworfen), aber *Larenopfer* und *Zwei Prager Geschichten* sind zwei verschiedene Texte, und selbst wenn sich die Frage erhebt, ob Rilke für Rezek oder für Bohusch poetologisch Partei ergreift, ist es damit noch lange nicht getan. Die wichtigere Frage bezieht sich darauf, wo *der Text steht*, und ob und wie er Rezeks und Bohuschs Normen bestätigt oder zurückweist. Ich glaube nun daran, daß die *Zwei Prager Geschichten*, vor allem die erste, in charakteristischen Zügen jener Moderne zuneigt, die Rezek eben verurteilt hat; und indem die Geschichten über die *Larenopfer* hinausgehen, erproben sie eine Kunstübung, die Rezek als entartet verdammt – nicht so sehr die des älteren Zeyer, mit seiner melodramatischen und dekorativen Syntax, als vielmehr die des jüngeren Karásek ze Lvovic, mit seiner suggestiven und nervösen Diktion, die auch Greuelszenen und das sexuell Verdrängte nicht scheut, und vor allem da nicht, wenn er seine Erregungen ins Barocke plazieren oder mit ihm verbünden darf. Selbst der Umstand, daß René Rilke Zeyers Novelle *Inultus* als einzigen Text der tschechischen Moderne las (allerdings in deutscher Übersetzung) und Zeyers scharfe Porträtkunst hervorhob, gefährdet meine Annahme nicht entscheidend. Gerade diese barocke Erzählung (die Künstlerin Flavia martert den schönen jungen Tschechen Inultus zu Tode, um Christus in Agonie als Modell vor sich zu sehen) nähert sich, mit ihren sadomasochistischen Elementen, eben jener *décadence*, die man bei Karásek eher und öfter findet als bei Zeyer. Es ist nicht durch Zufall geschehen, daß René Rilke seine ersten tschechischen Übersetzer und Rezensenten vor allem in der *Moderní Revue* fand (zum Beispiel 1896–1897), wo Karásek selbst zumindest in wenigen, meist freundlichen Zeilen über »Pan« Rilke berichtete.

Ich bin hier nicht auf dem problematischen Wege, Einflüsse und Abhängigkeiten zu konstruieren, und ich begnüge mich gerne damit, die Annahme zu formulieren, daß René Rilke und Karásek poetisch unabhängige, aber zuzeiten gleichgestimmte Verbündete waren, die im Prager Fin de siècle ähnlichen Phantasien nachhingen; anstatt von Kausalitäten und Zeitfolgen, spreche ich von Analogien, Assonanzen und thematischen Gleichklängen, die nahelegen, Rilke und Karásek, zumindest um die Jahrhundertwende, gegen- und miteinander zu lesen. Der konservative Rezek hätte Bohuschs nekrophilen Tagtraum, in welchem der Bucklige die Gruft und den Sarg seines toten Vaters öffnet und sich die morsche Brust des Türhüters als Harnisch vorschnallt, gewiß als »Greuelszene« disqualifiziert, und nicht nur das. Die sanfte Luise, in der zweiten Prager Geschichte, hat wildere Träume als alle späteren Jugendstil-Mädchengestalten Rilkes. Luise sieht sich verfolgt vom wahnsinnigen, sadistischen Don Juan d'Austria, dem Sohn Kaiser Rudolfs II. und der Katharina Strada. Auf einer Turmtreppe zerfetzt er ihr »leichtes, blaues Seidenkleid«, um sich die Fetzen um den Hals zu schnüren; und während sie die Treppen hinaufflüchtet, setzt er ihr, wie ein Raubtier nach, entwindet ihr »das zarte, angstwarme Hemdchen«, das er sich kühlend an die Wange hält. Noch ein Schritt, so träumt sie, und »ihr nackter reiner weißer Leib blüht« in die Nacht, und sie springt, um sich dem Verfolger zu entziehen, in die Tiefe. Aber nicht genug mit dem Traum; als sie mit Rezek, den sie leidenschaftlich zu lieben begonnen hat, in der Prager Daliborka in die Tiefe blickt, fühlt sie sich wieder als das blaue Fräulein und sieht Don Juan d'Austria vor sich. Sie glaubt sich nackt, empfindet seine Finger an ihrer Haut und will ihn, und nicht im Traum, in die Tiefe des Verlieses stürzen – und reißt ihn doch, im Augenblick der Berührung, zurück und »fühlt ihn ... zu sich her.« Diese Szene, halb Analyse einer schwelenden Verdrängung, halb Fin de siècle-Striptease-Kitsch, hätte Karásek, der einem seiner Charaktere noch in einem Spätwerk die Wohnung im Hause der Strada anweist, nicht wirksamer schreiben können.

Eine wiederkehrende Gestalt, die zuletzt aus dem spanisch-barocken Zeitalter im Schatten Rudolfs herkommt und ins Fin de siècle überlebt, ist die Prager Karmeliterin oder die Nonnen des Karmel, im Volksmund »barnabitky« genannt, weil sie, durch die Dekrete des Josephinismus aus der Stadt vertrieben, im Jahre 1792 wieder in das ehemalige Kloster der Barnabiten am Hradschin zurückkehrten. Der junge Rilke und Karásek sind beide vom Gedanken an die Karmeliterinnen fasziniert; sie beide sehen sie als widersprüchlich zerrissene Frauen, entrückt in Askese, Gebet, inbrünstige Passion, Schweigen. Rilke verharrt auch in seinen Nonnengedichten der Jahre 1895 bis 1898, in einem neoromantischen Entwurf dieser Gestalten, Leidenschaft und Liebe in Wortlosigkeit und Distanz, aber Karásek beginnt, im Laufe seiner langen poetischen und religiösen Entwicklung, die zuletzt zum Katholizismus neigte, mit wollüstigen Bildern der entfesselten Gottesbräute (1900), und schreibt später die fromme Legende von der Karmel Äbtissin Maria Elekta di Gesù (1922), der einzigen Prager Mystikerin, deren lateinische Gebete uns erhalten sind. Rilkes Gedicht »Das Kloster« in den *Larenopfern* ist nicht besonders auffällig, wenn nicht gleichzeitige und ein wenig spätere Nonnengedichte (zum Beispiel »Die Heilige«, »Zwei weiße Nonnenhände«, »Die Nonne« und andere) mit ihm in Verbindung stünden, und Bohuschs Erlebnisse, die sich diesem Haus verbinden, nicht erneute Aufmerksamkeit für dieses Gedicht forderten. In dem Haus wohnen »die Nonnen von Karmel«, und Zeit, Leben und Stunden ziehen vorüber. Der Abend mag, wie ein Zauberer, »mit Feuergarben [...] tausend Farben« gegen seine Mauern werfen, aber vergebens. »Das düstre Haus« ist wie eine Totengruft, und die Abendlichter sehen aus »wie frische Kränze auf Leichensteinen.«

Das »arme ... alte Gebäude«, die Residenz der Barnabitky, hat aber für Bohusch seine eigene Bedeutung, denn er weiß, daß die adelige Aglaja (welcher seine, des Türhüters Sohn, erste und glühendste Zuneigung galt) als Nonne hinter seinen Mauern lebt. Er kennt auch die Gerüchte, die umgehen; daß die Schwestern, »welche für immer in diesen grausamen Mauern ihr stummes Sterben leben, auch untereinander nie ein Wort tauschen ... daß sie ihre, von bangen Gebeten zerrissene Nacht in den Brettersärgen überstehen müssen, in denen man sie endlich in ein Stück Erde legt.« Als er ahnt, daß Aglaja wortlos hinter diesen Mauern gestorben ist, bricht er lautlos in der Kirche zusammen. Ähnlich, aber zugleich anders, Karáseks junger und adeliger Flaneur, der auf seinen melancholischen Spaziergängen wie besessen von den Karmeliterinnen angezogen wird; und die schweigenden Nonnen sind selbst wieder besessen von ihren inbrünstigen Gefühlen, die sie dazu treiben, die Nähe des Kruzifixes zu suchen, dessen Bild sich ihnen in Fleisch und Blut verwandelt. »Der große nackte Christus strahlte weiß in die Dunkelheit der Kirche und seine blutenden Wunden glühten als mystische Zeichen durch die Finsternis. Die Augen der Schwestern entzünden sich zu Feuern wahnsinniger Lust. Auf den Knien schleppen sich die Büßerinnen zum großen Kreuz. Ihre Hände pressen sich an seine heilige Nacktheit. In heiligem Schauer werfen sie sich an die Brust des Gekreuzigten.« Auch Karáseks Flaneur bricht in dieser Kirche zusammen, und als man ihn herausgeleitet, ist er unheilbarem Irrsinn verfallen. Ich fürchte nur, daß meine Ausführungen wieder einmal, nach vierzig Jahren, der wesentlichsten Frage ausgewichen sind. Diese Frage betrifft das Problem, wie sich der junge Prager René Rilke, Hans-Dampf-in-allen-Gassen und begabter Provinz-Amateur, in einen Sprachzauberer und Dichter erster Ordnung verwandelte, wie in unserer Zeit wenige lebten. Die Frage, wo das im Text selbst zu geschehen beginnt, ist die wichtigste überhaupt, und sie wird noch vieler Versuche bedürfen, sie legitim zu beantworten.

Masaryks Faust

Tomáš G. Masaryks Gedanken und Taten sind wieder, in seiner Heimat und anderswo, Gegenstand des kritischen Interesses und der akademischen Forschung, aber in einer erneuten und freieren Erörterung tschechisch-deutscher Verhältnisse, wie sie jetzt wieder möglich ist, fällt sein Name leider nicht oft. Ich empfand diesen Mangel gerade im vergangenen Jahr deutlich, als ich die Chance hatte, im Prager Armeearchiv eines seiner wohlbehüteten Manuskripte zu lesen und, indem ich Blatt für Blatt seiner Handschrift wendete, Ideen über Weltliteratur und Gesellschaft kennenzulernen, die mich überraschten. Die Editionsarbeit bestätigte mir aufs Neue, daß sich Masaryk, als Literaturfreund, Philosoph und Politiker länger, loyaler und störrischer mit Goethe beschäftigt hatte als je einer seiner tschechischen Zeitgenossen, und ich dachte mir, es wäre dem historischen Augenblick nicht unangemessen, zu seinen deutschen Studien, seiner Lektüre Goethes und seiner Faust-Deutung, zurückzukehren.

Die tschechische Germanistik hat sich in ihrer Vergangenheit, und wie es ihr anstand, zu verschiedenen Malen mit Masaryk und Goethe beschäftigt. Ich nenne, vor allen anderen, zwei Arbeiten, Karel Poláks geistesgeschichtlich orientierte Studie (1931) und später, nur wenige Monate vor dem kommunistischen Putsch, Hugo Siebenscheins phänomenologisch gestimmte und suggestive Monographie (1947). Ich tröste mich damit, daß mir noch die geduldige, ein wenig altmodische und spezifische Aufgabe bleibt, Masaryk als Leser und Kritiker des

Faust zu beobachten, seine Interpretation in ihren wechselnden Gezeiten darzustellen und – das ist nicht weniger wesentlich – seine Interpretation historisch zu deuten, das heißt, die Frage aufzuwerfen, mit welchen Interessengruppen der Goethe-Leser seiner Zeit er übereinstimmte, und von welcher Partei der Interpreten er war, ob er nun wollte oder nicht.

Ich bemühe mich jedenfalls, das alles im Kontext einer fast lebenslangen Beschäftigung mit Goethes Werken zu sehen, die mit Masaryks Lektüre als Gymnasiast ihren Anfang nahm und zuletzt noch in seinen Gesprächen mit Karel Čapek (1928) und Emil Ludwig (1935) sich artikulierte. Mit fast fünfzig Jahren erklärte der Prager Professor der Philosophie, Faust und die Idee des Faustischen hätten ihn »lange und länger« verfolgt; er habe den *Faust* schon in der Schule auswendig gelernt und bald gefühlt, sich »nicht innig und nicht ganz« für ihn erwärmen zu können: »Goethe habe ich genau beobachtet und gerade am *Faust* bin ich erstarkt.« Masaryk verhehlt nicht, daß ihn streng literarische und sprachliche Fragen wenig interessieren, und seine literarischen Einsichten, und nicht nur in Sachen *Faust*, überraschen gegen seine methodologischen Absichten und *malgré lui*. Es ist wahr: Masaryk ist kein Literaturkritiker im formalen Sinne, und nachdem er in einem frühen Prager Vortrag über das Studium der Literatur die schöne Lautgebung in Goethes Lyrik untersucht und gerühmt hatte (1884), galt sein Augenmerk den Romanen und Dramen der »Dichter-Denker« (charakteristisch, daß er das übliche Wort Jean Pauls von den Dichtern und Denkern in eines zusammenzieht). Er beurteilt ihre Gedanken »soziologisch« und »geschichtsphilosophisch« (als ob die beiden Fragestellungen leicht zu vereinen wären) und vergißt, *pro* und *contra,* niemals zu fragen, was die Dichter-Denker, ob Goethe oder Dostojewski, Musset oder Tolstoj, den Späteren an Empfehlungen zu leben und an Einblicken in Gesellschaft und Welt hinterlassen hatten. Nicht überraschend, daß zünftige Literaturkritiker, vor allem jene mit formalen Neigungen, bereit waren, Masaryk der literarischen Blindheit zu bezichtigen – ehe ich ihn aber, ihnen folgend, dazu verdamme, auf dem Scheiterhaufen der Nichtformalisten zu brennen, erinnere ich mich daran, daß Balzac, Belinskij, Taine und Sainte-Beuve nicht anders von der Literatur urteilten, und begnüge mich mit der Zuversicht, daß bedeutende Kritiker jeglicher Methodologie gerade dort, wo sie persönlich engagiert sind, literarische Fragen zugleich mit ihren eigenen Denkprozessen illuminieren.

Meine spekulative Frage, ob die mährisch-österreichische Topographie für Masaryks frühe Bildung, auch in weltliterarischer Hinsicht, bedeutend war oder nicht, ist nicht einfach zu entscheiden. Der junge Masaryk wuchs in mährisch-slowakischen Dorfdialekten auf, und seine formale Schulerziehung war Deutsch, zum Beispiel in Auspitz, Brünn und Wien. Das Problem liegt darin, daß seine Muttersprache, wenn er eine hatte, nicht die seiner deutsch erzogenen Mutter war, sondern die des slowakischen Vaters und die der Jungen auf den südostmährischen Dorfangern; mit dem Deutschen hatte er lange Schwierigkeiten, vor allem mit dem geschriebenen, und sein Wiener Doktorvater, der Philosoph Franz Brentano, hielt sich mit seinen Zweifeln über den deutschen Stil seiner Dissertation über Platon nicht zurück. Versetze ich mich in die Welt des späteren Brünner Gymnasiasten, sehe ich zweierlei: das erste Bewußtsein der nationalen Spannungen (nicht nur Schulbuben-Prügeleien), aber zugleich die gelassenere Atmosphäre Mährens, die es ihm (anders als es im damaligen Prag wahrscheinlich gewesen wäre) ermöglichte, eine antiquarische Goethe-Ausgabe zu erwerben und sich, unabhängig von Lehrplan und Professoren, in das Studium der Weltliteratur zu vertiefen. Ich kann mich des Verdachtes nicht erwehren, daß für seinen frühen Bildungsgang, auch zu Goethe hin, diese Verhältnisse ihre Folgen nach sich zogen; auch der mährische Dorfkatholizismus (die Biographen wissen einiges über die gelehrten Priester zu sagen, die ihn förderten und seine Lektüre lenkten), die Studentenjahre am Wiener Akademischen Gymnasium und an der Wiener Universität, wo man noch ein Echo der Begeisterung für Lenau zu empfinden vermochte. Er studierte an einem Ort, wo man Hegel den Preußen überließ und Traditionen einer Philosophie pflegte, die den neuen Wissenschaften und der exakten Psychologie weit geöffnet waren.

In seiner ursprünglich deutsch geschriebenen Wiener Habilitationsarbeit über den *Selbstmord als soziale Massenerscheinung der modernen Zivilisation* (1881) sucht Masaryk seine soziologischen Interessen, welche die Evidenz der Statistik bevorzugen, mit seiner Philosophie oder Religionsphilosophie des Zeitalters zu verbinden, aber vergebens. Er wartet zunächst mit Zahlen auf, und läßt doch in der Substanz seines Arguments alle möglichen Zahlen weit hinter sich. Sie kaschieren nur, wie romantisch er denkt, denn er glaubt daran, das Mittelalter habe dem religiösen Menschen Gewißheit, Trost und Hoffnung geschenkt, und erst mit dem Hingang des Mittelalters beginne jene glaubenslose, frustrierte, halbgebildete, psychotische und ziellose Verzweiflung um sich zu greifen, welche im neunzehnten Jahrhundert den Selbstmord zur Massenerscheinung steigert. Seine Mittelalter-Nostalgie ist nicht fugenlos mit einer Neigung für den Protestantismus zu vereinen, der ihm näher steht, weil er die moderne Individualität des Fragens und Forschens bejaht. Für die Zukunft bleibt allein die Hoffnung auf eine neue Frömmigkeit, die am Monotheismus ebenso teilhat wie am Lichte der Vernunft; sie erscheint aber nicht im unvermittelten Sprung, sondern in einem geduldigen Schritt-für-Schritt-Fortgehen, das Masaryk in Lessings »Erziehung des Menschengeschlechtes« und in dessen Warnungen gegen jeden voreiligen revolutionären Utopismus begründet weiß.

In dieser scheinbar soziologischen Schrift definiert Masaryk jene geschichtsphilosophischen Gedanken, die ihn dazu drängen werden, *Faust* in allen Einzelheiten zu studieren. Lichtenberg und Goethe sind in Zitaten gegenwärtig (das Goethesche Faust-Motto, aus dem Vorspiel auf dem Theater, nicht in der späteren tschechischen Ausgabe), aber die für seine Literaturanalyse zukunftsträchtige Entscheidung fällt gegen Ende des 88. Abschnittes, wo er, in aller Kürze, den Gedanken anführt, daß gerade die Entwicklung der modernen Literaturen und ihre zwiespältigen Autoren die Herkunft des Pessimismus und der Verzweiflung aus dem Verlust der Religion bestätigen. Er nennt an dieser Stelle, die fast die einzelnen Kapitel späterer Arbeiten vorausnimmt, »Young, Byron, Shelley, Poe, Grabbe, Hölderlin, Heine, Kleist, Goethe, der mit dem Gedanken an Selbstmord spielte, Lenau, Musset, Foscolo, Leopardi, Carducci, Giusti, Slowacki, Lermontov, Puschkin, Gogol und Schopenhauer.« Sie alle bestätigen, so fügt er hinzu, »was uns die furchtbar trockenen statistischen Angaben sagen; wir sind des Lebens müde, wir haben keine rechte Freude am Leben und unsere Dichter singen die Begräbnislieder der Massenselbstmorde.« Noch erscheint, in Goethes Werken, Werther an erster Stelle der Zerrissenen, aber Masaryk betont sogleich, Goethe helfe sich durch Faust aus seiner eigenen Melancholie und erhebe die Halbheit zu einer Art Religion. Masaryk beschäftigt sich in seiner Wiener Schrift in einer ausführlichen Passage mit Lenau, der die moderne Entwicklung der Menschheit und das Zeitalter typisch darstellt (später wird *Faust* diese Funktion übernehmen). Er beruft sich dabei auf die Lenau-Biographie von Anastasius Grün, nennt Lenaus Werke von *Faust* bis *Don Juan,* und spricht vom »traurigen Ende eines der edelsten Geister und Kämpfer Österreichs.« Diese überraschende Lenau-Apologie wird er später in seinem Vergleich Goethes und Lenaus und ihrer Faust-Dichtungen, noch genauer entfalten.

Masaryks Schrift über den Selbstmord, widersprüchlich, produktiv, einer intimen Konfession ähnlicher als einem Habilitationsdokument, definiert religionsphilosophische Grundsätze seiner Philosophie, zu denen er in späteren Gedanken immer wieder zurückkehren wird. Die zweite Etappe dieser Überlegungen beginnt mit den Essays in der Zeitschrift *Naše Doba* (Unsere Zeit, 1896–1899), in welchen er ein kritisches Panorama der ideologischen Moderne, von Hume zu Kant und Comte und von Musset zu *Faust,* entwirft; und er setzt sie dann, ungefähr zehn Jahre später, im Manuskript eines Bandes seines Werkes über *Rußland und Europa* fort, in dem er die Folgen des Glaubensverlustes in Dostojewskis Romanen beobachtet und, neben einer Reihe russischer Auroren, Musset, Byron, Goethe und das Faustische neuerlich ins Auge faßt. Ich bin geneigt, die Faust-Kritik in *Naše Doba* und im Manuskript in ihrer gegliederten Einheit zu betrachten, selbst wenn ich mir großer Schwierigkeiten mit der Datierung bewußt bin (Masaryk begann seinen Text wahrscheinlich im Jahre 1906/07 zu schreiben und ließ ihn liegen, als er im Jahre 1914 ins Ausland ging). Die Hauptgedanken in *Naše Doba* und im Manuskript korrespondieren einander, und ich fasse sie in drei Punkten einer Anklage gegen Faust, und zu Zeiten Goethes, und einer Coda zusammen: Faust als Titan, vor allem in seinem Verhältnis zu Gretchen; Faust als Egoist und Mörder; Faust als »ethischer Dilettant«, der allerdings den Dilettantismus seines Autors reflektiert. Zuletzt die Coda, ein Vergleich von Goethes und Lenaus Faust, in welchem wir Masaryk, überraschend genug und aus religiösen Gründen, auf Seiten des Österreichers finden.

Masaryks erste Anklage, die er gegen Faust erhebt, bezichtigt ihn des Titanismus, geht aber weit über Jean Pauls Wort hinaus. Masaryk sieht im Titanismus die eigentliche Krankheit des neunzehnten Jahrhunderts, bei Faust im fortgeschrittenen Stadium. Er entwickelt eine medizinische Metapher, indem er Faust mit Mussets Rolla, dem romantisch Zwiespältigen, vergleicht; die Symptome sind ein wenig anders, aber es handelt sich um dieselbe Krankheit: »der Zwiespalt, die Spaltung der Seele, der Kampf des Geistes gegen die Materie, die Flucht aus der Vergangenheit in die unbekannte Zukunft«. Mussets Gestalten sind ganz Gefühl, aber Faust, als Philosoph und Metaphysiker, bewahrt sich »auch im schlimmsten Fieber« seine Nervenkraft. Nach seinem Selbstmordversuch und der Begegnung mit Mephisto stürzt er sich in Leben, Liebe und Tat; nur eben ist dieses »bewußte Leben«, wie es Faust auffaßt, »ein Feind des Lebens«, und das zeigt sich nirgends deutlicher als in der Tragödie Gretchens. Der Titan wird an diesem Mädchen schuldig, weil er seinem Gefühl folgen will, ohne seine kalte Vernunft auszuschalten. So wie er in seinem Laboratorium mit den *Elementa* experimentierte, so experimentiert er mit ihr, ohne Rücksicht auf ihr Vertrauen.

Masaryk entlarvt den Titanen nicht durch die Idealisierung Gretchens, sondern (im Gegenteil) dadurch, daß er sie kritisch degradiert. Er zitiert Richard M. Meyers eben erschienene Goethe-Biographie (1895), die Gretchen zur reinsten und schönsten aller Frauen erklärt, und meint, an ihr sei nichts Idealisches zu finden, ja sehr viel »Unidealisches«, und spricht, im Zusammenhang mit anderen Frauenfiguren Goethes, von »Marionetten« und »deutschen Hausfrauen«, bei denen die Liebe durch den Magen des Ehegatten geht (die Tschechen, meint er selbstironisch, sind in dieser Hinsicht »Überdeutsche«). Er ist von Turgenjews und Carduccis Partei, der Gretchen »la stupida ragazza Goetheana« nannte, und es hätte ihn erheitert, zu wissen, daß Nietzsche, gegen den er sonst so viel einzuwenden hatte, in dieser Frage mit ihm eines Sinnes war, zumindest in einer Notiz aus dem Jahre 1880, in welcher er bemerkte, es sei kaum zu glauben, daß das »größte deutsche tragische Gedicht« darin bestehe, daß ein »großer Gelehrter aller vier Fakultäten« eine »kleine Näherin« verführe – und selbst das geschehe nur »unter

Beihilfe des leibhaftigen Teufels«, sonst hätte es der deutsche Gelehrte nicht zustande gebracht.

Die Polemik gegen die Verklärer Gretchens spitzt sich aber zu einem Argument gegen Goethe selbst zu, denn Masaryk meint, Goethe habe Gretchen ebenso gezeichnet wie auch seine übrigen Frauengestalten (vielleicht mit Ausnahme Ottiliens in den *Wahlverwandtschaften*); ihm, der sich als Titan gebärdete, war es unmöglich, mit einer ihm gleichen Frau zu leben, »der Übermensch duldete allein den weiblichen Untermenschen«, denn gerade das läßt ihn sein Übermenschentum auf das Glücklichste erfühlen. Selbst in der Welt der Antike wendet sich Goethe gerade Iphigenie zu, dem »Ideal der demütigen und sich freudig unterwerfenden Frau«. Masaryk steht hier auf Seite der Frauen gegen Faust und Goethe, die beide nicht, wie er, an eine »Ehe der Seelen« glaubten; Masaryks Gedanke reflektiert Auffassungen, die er seiner Gattin Charlotte verdankte, die als junge Amerikanerin, Übersetzerin John Stuart Mills und spätere Sozialdemokratin ganz andere Vorstellungen von der Selbständigkeit der Frauen hatte als viele ihrer damaligen Zeitgenossinnen in Wien oder Prag. Der Kommentar zu diesem Thema ist in einem Brief Charlotte Masaryks an ihre Tochter Alice (im Weltkrieg zunächst als politisch verdächtig inhaftiert) zu finden, in dem sie, zu Ostern 1916, an Fausts Osterglocken erinnert, und die Geschichte Fausts so erzählt, wie sie auch ihr Gatte erzählt hätte. Sie nennt Gretchen eine »tausendjährige Sklavin«, ähnlich wie Masaryk selbst von der »Sklavin Iphigenie« spricht. Hier wird der Titanensturz verständlicher: Der romantische Übermensch, der so hoch hinaus will, setzt die sklavische Unterwerfung der Frau fraglos voraus, darin, auch darin, liegt seine Schuld.

Im zweiten Punkte der Anklage, die Masaryk gegen Faust erhebt, bezichtigt er ihn nicht allein eines intimen, sondern eines sozialen Egoismus; er ist eine Herrennatur, die mit dem

Volk nichts gemein haben will. »Faust«, sagt Masaryk, ist »das Evangelium des Egoismus«, und es überrascht nicht, daß Faust am Hofe des Kaisers erscheint und zuletzt »selbst ein Herrscher sein möchte«, ein »Despot«, der, ganz im Sinne des achtzehnten Jahrhunderts, dem Volk seine Pläne verheimlicht und starrköpfig darauf besteht, nicht den alten Boden besser zu kultivieren, sondern einen neuen schaffen zu wollen. Im Manuskript werden diese Vorwürfe verschärft und konkretisiert; Masaryk nennt den feudalen Faust ironisch den »von Gottes Gnaden Allerhöchsten« und erkennt, daß sein starrer Individualismus »jede Unterwerfung unter irgendein soziales Ganzes« ausschließe. Faust ist weder Sozialist noch Revolutionär – hier beginnt der Kritiker Faust als den antidemokratischen Menschen überhaupt zu charakterisieren. Masaryk zeigt keinerlei Geduld mit dem Übeltäter, der mordet, seiner Verantwortung feige entflieht und später ein rührendes altes Ehepaar terrorisiert. »Gretchen wird geopfert«, schreibt Masaryk, »Faust ermordet ihren Bruder, treibt seine Geliebte zu Kindesmord und Wahnsinn, und verläßt die Unschuldige, Schuldbeladene feige im Kerker.« Er präzisiert: »wir haben in Faust den Mord an Gretchens Bruder, den Kindesmord, und indirekt wird Faust der Urheber des frühzeitigen Todes der Mutter, wie er denn eine ganze Familie auf dem Gewissen hat. Nicht nur eine, denn Philemon und Baucis werden ›expropriiert‹« (ganz im Sinne des achtzehnten Jahrhunderts, wie Masaryk hinzufügt), und sie werden dann von Fausts Handlangern getötet. Masaryk spricht ein vernichtendes Urteil, dem im Geflecht der Goethe-Deutungen eine besondere Stelle zukommt.

Der dritte Anklagepunkt gegen Faust, aber auch gegen Goethe, betrifft ihren »ethischen Dilettantismus« oder – als Kehrseite ihrer mangelnden Herzensfrömmigkeit – den gesteigerten Ästhetizismus, der feste Unterscheidung zwischen Gut und Böse durch ein schönes Fließen und Mischen von Ideen und

Glaubenshaltungen überspielt. Im Manuskript spricht Masaryk von einem »lebendigen Herüber und Hinüber von sensualistischer Empirie, egozentrischem Kritizismus, pantheistischer Mystik und theologischem Anthropomorphismus«, und gesteht, wie schwierig es wäre, dieses Ineinanderfließen auf eine einzige philosophische Formel (wie er sie liebt) bringen zu wollen. Das hindert ihn aber nicht, Faust in Goethe zu projizieren – und seine Anklage auch gegen Goethe zu erheben, wenn auch mit bedeutendem Respekt und mildernden Umständen –, selbst dort, wo Masaryk als soziologischer Kritiker dilettiert, und uns, in seiner Diagnose (die an Franz Mehring erinnert) erklärt, daß Goethes ästhetischer Humanismus »in die Salons des absinkenden Adels und der aufsteigenden Bourgeoisie« paßt. Am kleinbürgerlichen Weimarer Hof war die konkrete Synthese beider Elemente, das heißt das Verlangen nach gesellschaftlicher Glückseligkeit und dem Schönen, bequem zu Hause. Seine Respektbezeugungen hindern Masaryk nicht daran, Goethe einen »Riesen des Dilettantismus« zu nennen, eben im erkenntnistheoretischen und philosophischen Sinn. Er gebraucht das Wort nicht im Sinne Goethes und Schillers, die dem wahren Künstler den Dilettanten gegenüberstellten (1790), sondern im Sinne einer zeitgenössischen französischen Diskussion über den Orientalisten und Philosophen Ernest Renan, die Masaryk aufmerksam verfolgt hatte. Der alternde Renan hatte in seinen *Dialogues et fragments philosophiques* (1876) erklärt, mit dem »bezaubernden Mosaik seiner Gedanken in aller Vielfalt« glücklich zu sein, und Paul Bourget, den Masaryk gerne las, nannte ihn darauf im Jahre 1883 einen *Dilettanten*, aber durchaus nicht ganz abfällig. Etwas von der Ambivalenz dieses Dilettantismus (»in Renans Fassung«, wie Masaryk im Manuskript schreibt) wohnt auch in seinem Urteil inne: Goethe, meint er, unternimmt den Versuch, seiner Skepsis eine »große künstlerische, philosophische und religiöse Synthese entgegenzustellen, groß deshalb, weil sie alle Bereiche des Menschengeistes und den ganzen Menschen zusammenfaßt.« Ihre Fragwürdigkeit wird allerdings in einer Charakteristik sichtbar, in der Masaryk seine Einwände zusammenfaßt; das Übergewicht des Ästhetischen über das Ethische, das seinem aristokratischen Egoismus zugrunde liegt (soviel über Liebe, und nirgends in Goethes Werk ein einziges liebenswertes Kind!) und dann der Vorrang der Metaphysik vor der Religion. Masaryk meint, daß sich Goethe über alle anderen Formen des Dilettantismus erhob; unvergleichbar höher als der tschechische Dichter Jaroslav Vrchlický mit seinem »mechanischen Synkretismus« (der jüngere Masaryk hat Vrchlický immer wieder an Goethe gemessen), aber auch höher als Renan, denn Goethe sucht nach einer schöpferischen Synthese, als Philosoph und Künstler, und sein Dilettantismus unterscheidet sich deshalb von den anderen qualitativ, und wie im Sprung.

Es genügt allerdings nicht, Masaryks Gedanken und Anklagen im einzelnen zu zitieren und darzustellen. Ich setze meine Arbeit fort, indem ich nach dem Ort seiner Ideen im historischen Zusammenhang der Faust-Interpretation überhaupt frage; in der Faust-Hermeneutik geht es ja allemal um Grundfragen der Intellektualität und der Ethik. Masaryk ist, und nicht nur in Sachen Goethe, von einer bewunderungswürdigen Belesenheit; in seinen Essays beruft er sich auf die wichtigsten Goethe-Publikationen seiner Zeit (von Friedrich Theodor Vischer zu Georg Brandes, von Richard M. Meyer zu Kuno Franke, und von Eugen Dühring zu Hermann Baumgart) und setzt hinzu, daß er bei seinen Zeitschriftenlesern die Kenntnis von zumindest zehn Hauptwerken Goethes voraussetze (die Titel sind in der Fußnote aufgezählt, glückliches neunzehntes Jahrhundert!). Masaryk begann sich an einem historischen Wendepunkte der deutschen Goethe-Interpretation mit *Faust* zu beschäftigen, und seine Distanz – in nationaler wie in philosophischer Hinsicht – bewahrte ihn davor, in den neuen Chorus der Faust-Apotheose einzustimmen. Die genauen rezeptionsgeschichtlichen Forschungen von Hans Schwerte (1962) und Karl Robert Mandelkow (1980), denen ich hier folge, bezeugen deutlich, daß sich die Auffassung des *Faust* nach dem Sieg der deutschen Waffen über die Franzosen (1870/71) und der Bismarckschen Reichsgründung gründlich wandelte, und wenn man in den ersten beiden Dritteln des Jahrhunderts, vor allem im Lager des bürgerlichen Liberalismus, Lessings *Nathan* als emblematischen Charakter der Humanität zu rühmen geneigt war, erklärte man, nach dem Triumph über Frankreich, den *Faust* zur säkularen Bibel, und ihn, der sich strebend bemühte, zum nationalen Sinnbild deutscher Arbeit, titanischer Tüchtigkeit und eines Heldentums ohne Reue. Viele im deutschen Bürgertum, und vor allem Professoren, die sich in der Wahl zwischen Liberalismus oder Reichseinheit auf Seiten Bismarcks geschlagen hatten, begannen sich selbst als »faustisch« zu sehen, und ihren »Reichsfaust«, wenn ich so sagen darf, in immer neuen Festreden zu feiern.

Diese affirmative Dominante der Faust-Interpretation nach 1870/71, die sich auf die Goethe-Philologie und die breite Verehrung des Olympiers Goethe stützen durfte, schob in ihrer Ausbildung andere, ältere Möglichkeiten der Interpretation beiseite, vor allem die soziale Opposition, welche die Jungdeutschen genauer artikuliert hatten (der Staatsdiener Goethe), aber auch den religiösen Widerstand, welcher der Faust-Interpretation seit Anbeginn innewohnte, der Widerspruch gegen den Sünder, den sinnlichen, schuldigen, tragischen, verbrecherischen Faust. Für Jahrzehnte hatte sich die religiöse, katholische und protestantische, Kritik auf ähnlichen Gleisen bewegt, ob in der Polemik des Katholiken von Wessenberg (1824), noch unter Berufung auf Madame de Staël, in der Polemik des Protestanten Carl Daub (1824), der in Faust den Repräsentanten der verdammten Menschheit sah, oder in E. W. Hengstenbergs *Evangelischer Kirchenzeitung*, die noch in Berlin und im Jahre 1863 gegen eine »Erlösung ohne Erlöser« polemisierte. Ein wenig später begannen sich die Wege der beiden Konfessionen in ihrem Verhältnis zur neuen Bibel der Deutschen zu trennen; die national gesinnten Protestanten waren eher geneigt, an der Faust-Apotheose, zuzeiten in Hegelscher Terminologie, kräftig mitzuwirken, während die Katholiken, bald in den Kulturkampf gegen Bismarcks Reich verstrickt, ihre Kritik an Goethe und Faust eher radikalisierten. Sie bildeten, für Jahrzehnte, die eigentliche Opposition gegen den »Reichsfaust«, vor allem in Wilhelm Molitors Schrift von 1869 und in der vierbändigen Goethe-Biographie (1882–1886) des hochgebildeten St. Gallener Jesuitenpaters Alexander Baumgartner.

In der katholischen Polemik gegen Faust sind die meisten jener Anklagen zu finden, wie sie Masaryk gegen den billigen Verführer, Mörder und Ästheten (Faust oder Goethe) erhebt. Molitor, der allerdings für das Dichterische schwärmt, bezeichnet das Grundproblem als jene problematische »ethische Charakterisierung« Fausts, bei welchem »es vor lauter Gefühlen, Leidenschaften und ungeduldigem Weiterdrängen gar nicht mehr zu dem Gedanken der Sünde kommen kann«, und betont ironisch, aber unüberhörbar, daß es »freilich die vornehme Ästhetik des neunzehnten Jahrhunderts sei«, welche »das Wort ›Sünde‹ ein für allemal aus der Poesie gestrichen wissen will«. Beide, Molitor und der Goethe-Kenner Baumgartner, arbeiten mit dem gleichen Kanon der Faust-Opposition, die auf seinen Verirrungen und Verbrechen besteht. Molitor spricht vom Verführer und Mörder, der Valentin im Zweikampf niedersticht, und von den unheilvollen Taten gegen Philemon und Baucis; Baumgartner, der Gretchen als unseliges Kind charakterisiert, nennt die gleichen Untaten, spricht von der »Niederträchtigkeit« Fausts und ironisiert, mit besonderer Lust und Entrüstung, den Übergang von der Gretchentragödie zum Zweiten Teil: »der Elfengesang hat ihn von allen seinen Verbrechen geläutert: es ist wohl einer der größten lyrischen Sprünge in der ganzen menschlichen Literatur. Da hört sich vieles, da hört alles auf!« In einer Fußnote polemisiert er mit Hans Christian Andersen, der, wie üblich, Fausts Sünden mit seinem unentwegten Streben entschuldigt, und meint, ein »solcher Theaterdusel« genüge nicht, »einen Menschen von schwerer Schuld, ja von den schwersten Kriminalverbrechen reinzuwaschen«. Zuletzt ist wieder, auch in Baumgartners Argument, Goethe selbst verantwortlich, denn seine Religion ist nichts als die Neigung zum Schönen, die ganze Welt nur ein buntes Museum dafür. Er betet an, was ihm gerade in jeglicher Stimmung behagt, »Christus, die Sonne, ... oder das erste beste Mädchengesicht«.

Ich hebe die katholische Strähne der deutschen Faust-Interpretation heraus, die sich den Versuchungen des Nationalismus gegenüber als widerstandskräftiger erwies als die protestantische, aber ich behaupte durchaus nicht, Masaryk sei ihrem Einfluß erlegen (was immer das heißen mag) oder sei ihrem Beispiel gefolgt. Ich finde es aber unmöglich zu übersehen, daß er in seiner Faust-Interpretation als Alliierter der konfessionellen Tradition dachte und schrieb; von seinen besonderen Voraussetzungen ausgehend, konnte er gar nicht anders. Masaryk, der den Verlust des mittelalterlichen Glaubens und der Herzensfrömmigkeit beklagte, schuf sich seine Faust-Interpretation ganz unabhängig von seinen religiösen Zeitgenossen, aber seine Anklagen gegen Faust und Goethe stehen in der religiösen Tradition, ob er will oder nicht. Ich muß allerdings meine These von Masaryks absoluter Unabhängigkeit ein wenig einschränken, aber das betrifft nur seinen Vergleich von Goethes und Lenaus *Faust* (wie er in *Naše Doba* und im Manuskript erscheint), und seine Neigung, Lenaus Version zuzeiten als deutlichere Darstellung des Glaubensverlustes und seiner fatalen Konsequenzen über Goethes Tragödie zu stellen und sie gar »moderner« zu nennen. Das Paradox liegt darin, daß er sich dabei den Ansichten eines prominenten dänischen protestantischen Theologen näherte, der sich seine Ideen, auch geographisch, aus dem Geiste der österreichisch-katholischen Opposition gegen Goethes Faust gebildet hatte. Masaryk schätzte Lenau, schon seit seinen Wiener Studentenjahren, außerordentlich hoch, und er fand sich in seinen Anschauungen durch die Memoiren des dänischen Theologen Hans Larssen Martensen bestärkt, die er im Jahre 1883 in der Prager Zeitschrift *Athenaeum* mit Sympathie rezensierte. Es ging dabei vor allem um Martensens kirchenpolitische Anschauungen (Masaryk sympathisierte mit seiner Ablehnung einer dänischen Nationalkirche), aber die Kapitel über Martensens Bildungsreisen, über München und das »mittelalterlich anmutende Prag« nach Melk und Wien werden ihm nicht entgangen sein.

Ich bedauere, noch keine geistesgeschichtliche Detektivgeschichte über Lenau, Martensen und Masaryk geschrieben zu haben, denn sie würde viel Anekdotisches und Überraschendes enthalten. Der junge dänische Theologe begann Lenau als Gast des Klosters Melk zu lesen (wo sie ihm der kluge Benediktiner Michael Leopold Enk von der Burg, der über Lenau publizierte, in die Hände gespielt haben mag) und nahm dort und auch in Wien, wo er lange Gespräche mit Lenau pflegte, die Motive eines österreichischen Widerstandes gegen Goethes *Faust* auf, die er sogleich in einer kleinen anonymen Schrift über Lenau bei Cotta (1836) publizierte und noch im späten Mannesalter in seinen Lebenserinnerungen, eben jenen, die Masaryk rezensierte, in ungemildertem Engagement wiederholte. In seinen Memoiren hebt er die Verfehlungen des philosophischen Subjektivismus seit Kant hervor und betont, Lenaus konsequent christliche Lebensauffassung sei »das rechte, ja einzige Element, in dem ein Faust dargestellt« werden könnte; sie allein seien fähig, das »Verhältnis zwischen Geschöpf und Schöpfer, und Faust und seiner ›Kreatürlichkeit‹« zu begreifen. Masaryk, der den Lenau-Goethe-Vergleich in seinem Manuskript ein *experimentum crucis* nennt, beobachtet in Lenau eine »genaue« und »präzise« Schilderung jener Prozesse, welche der Unglauben in Bewegung setzt. Der Katholik Lenau empfindet den Glaubensverlust ungleich schmerzlicher als Goethes protestantischer Faust, fühlt seine Nichtigkeit tiefer, und vermag nicht mit der unerträglichen Leichtigkeit seines bloßen Ich weiterzuleben. Masaryk orientiert seinen Vergleich viel enger als früher an den Kontrasten Objektivismus/Subjektivismus und wird wohl von Martensen darin bestärkt, eine Entwicklung vom religiösen Objektivismus, der eine gegenständliche Welt und einen Schöpfer anerkennt, zur Armut eines Subjektivismus zu postulieren, der sich weltlos, menschlos, gottlos in sich selbst verhaspelt. Es ist wenig bekannt, daß sich Masaryk, gerade im Anschluß an den Lenau-Goethe-Vergleich, auch mit den religiösen Problemen Ludwig Anzengrubers und Peter Roseggers, vor allem in der Los-von-Rom-Bewegung, beschäftigte, und auch sie wären einer genaueren Analyse wert.

In der ersten und zweiten Etappe seiner Faust-Konzeptionen, wie in der Lenau-Coda, bewegte sich Masaryk im philosophischen, religiösen und weltliterarischen Element, aber in der dritten Etappe, später im Krieg und in den frühen zwanziger Jahren, dreht sich das Ganze nach außen, wird polemisch und politisch. Das geschieht in seinem Buch über die *Weltrevolution* (1925), in welchem er politische und persönliche Rechenschaft über seine Tätigkeit im Ersten Weltkrieg ablegt, und auch seine weltliterarischen Interessen politisch interpretiert. Ein Ton ganz persönlicher Desillusion ist nicht zu überhören, sobald er auf die deutsche Philosophie und Literatur zu sprechen kommt. Er schreibt fünf bedenkenswerte Kapitel (86 bis

90) über die intellektuellen Entwicklungen, die er solange studierte, und spricht von seiner Enttäuschung über »das Volk der Philosophen und Denker, das für sich in Anspruch nahm, der Lichtbringer zu sein« – gerade dieses Volk, meint Masaryk, hatte »den Ausgang aus der Sackgasse (s)einer hochkultivierten Bildung« (er meint damit eine subjektivistische und solipsistische Reflexion) »nicht im Kriege suchen dürfen«. Das Wort von der *corruptio optimi pessima,* das sich am Ende dieser Kapitel findet, sagt einiges über die unüberhörbare Bitterkeit, die er in seinen enttäuschten Neigungen empfindet.

Masaryks irritierte Polemik richtet sich in diesen Kapiteln verdeckt und unverdeckt gegen den Berliner Nationalökonomen und Kathedersozialisten Werner Sombart, der in einem patriotischen Traktat, *Händler und Helden* (1915), den deutschen Soldaten als Inkarnation des wahrhaft schöpferischen Volksgeistes gegen die englischen Händler ausspielte, deren Pfeffersack-Gesinnung nichts Geistiges zu bilden je fähig gewesen war. Sombart, schreibt Masaryk entrüstet, »preist den deutschen Militarismus im Geiste Hegels und brüstet sich ... mit den in den Gräben kämpfenden Fausts und Zarathustras.« Der Kritiker wollte sich durchaus nicht mit Sombarts These abfinden, im preußischen Militarismus seien Weimar und Potsdam, Goethe und Bismarck zu einer glorreichen Synthese vereint (wie die nationalen Goethe-Interpreten im übrigen schon seit 1871 behauptet hatten). Masaryks zuletzt ambivalentes Verhältnis zu Goethe, im Politischen insbesonders, wird deutlich sichtbar; indem er nämlich nach der ungetrübten Gegenstimme eines deutschen Humanismus sucht, findet er sie in der wortlosen Musik. »Der eigentliche deutsche Gegensatz wäre Beethoven – Bismarck«, erklärte er gegen Ende des 88. Abschnittes, »erinnern wir uns nur, wie Beethoven den Olympier geradezu anschnauzte, weil dieser vor den Mächtigen der Welt sich verbeugte.«

Hinter Beethoven steht Bach, und Masaryk bedauert es, musikalisch nicht gebildet genug zu sein, um sein Argument (das gewiß auf viele Gespräche mit der Musikfreundin Charlotte Masaryk zurückgeht) mit genaueren Hinweisen auf Haydn, Mozart und andere ergänzen zu dürfen – nicht Wagner, denn seine Musik war eine Synthese von preußischem Militarismus und Dekadenz. Faust spielt in diesem politischen Kontext seine schon vorgeschriebene Rolle als romantisch-verzweifelnder Titan, das Emblem des preußischen Egoismus überhaupt; und der preußische Militarismus zeigt sich, in einer allerdings gewagten psychologischen Konstruktion, als Versuch, aus den Verzweiflungen und Enttäuschungen des Faustischen nach vorne zu fliehen – in den Krieg. Plötzlich schreibt Masaryk Goethe wieder hohe Verdienste zu; die Deutschen haben Goethe leider nicht genau genug gelesen, denn »sein Hauptwerk, der *Faust*, stellt durch seine wahre Analyse des modernen Menschen, speziell des modernen deutschen Menschen, seinen Nachfolgern in Deutschland und überall, die wichtige und führende Aufgabe: das Faustische zu überwinden«, und mit ihm »die Skepsis, den Subjektivismus, den Pessimismus, die Ironie, das gewaltsame Übermenschentum«.

Als Kritiker unterscheidet Masaryk in zunehmendem Maße zwischen Goethe und Faust, Autor und Gestalt, aber nicht immer, und sein Lob paart sich mit Fragen und Vorwürfen. In seinem späten Vorwort (1931) zur Goethe-Festschrift der tschechoslowakischen Germanisten spricht er vom »formenden Einfluß«, den Goethe auf ihn ausübte, und er bestimmt diesen Begriff sogleich positiv und negativ, und bekennt sich zu Bewunderung, Nachahmung, Widerspruch und jener Negation, die ein Verhältnis ihrer Art begründet. In seinem Goethe-Lob kehren die affirmativen Momente ebenso wieder wie die kritischen. Masaryk zählt Goethe, zugleich mit Musset, Dostojewski und Tolstoj, zu den großen Dichter-Denkern der Menschheit, selbst wenn er sich, in der Enge des Weimarer Hofes, der Zeit und dem Ort nicht ganz zu entziehen vermochte. Masaryk rühmt immer wieder Goethes »Wahrhaftigkeit«, »Aufrichtigkeit«, mit der er sich zu seinen Schwächen bekannte; den diagnostischen Blick, der im Konflikt zwischen Glauben und Unglauben das tiefste Thema der Weltgeschichte erkannte; Goethes Opposition gegen nationale Krähwinkelei und seinen literarischen Internationalismus (der Masaryk als Kritiker der tschechischen Literatur um die Jahrhundertwende gerade recht kommt); und im übrigen rühmt er ihn oft als fleißigen Arbeiter und Forscher und, gelegentlich, fast mit einem Augenzwinkern, als Makrobiotiker, der einiges von Lebenshygiene und richtiger Ernährung verstand; an einer verdeckten Stelle wird klar, daß ihn das mit Charlottes Mutter in Brooklyn verbindet. Die negativen Elemente, in welchen Masaryk Goethe mit Faust identifiziert, sind immer wieder sein ethischer Dilettantismus und seine Liebesverhältnisse; und die »Köchin Vulpius«, die Masaryk ein wenig herablassend erwähnt, hat leider einige Ähnlichkeit mit dem armen Gretchen.

Mit seiner scharfen ethischen Kritik am Titanen, Mörder und Verbrecher stünde Masaryk allein, wenn die ältere und zeitgenössische religiöse Kritik nicht Analoges formuliert hätte. Als Alliierter der im Kulturkampf gegen Bismarck engagierten deutschen Katholiken findet er sich in absoluter Opposition gegen die nationale und imperiale Apotheose des immer tüchtigen Faust der Wilhelminischen Epoche; in der *Weltrevolution* wird deutlich, wie ihm auch der in Feldgrau kostümierte »Reichsfaust« zuwider bleibt. Hier sind wesentliche Argumente ausgesprochen, welche die Zerstörung der Faust-Apotheose fördern – wir finden sie später in Wilhelm Böhmes Buch *Faust, der Nichtfaustische* (1933), kurz vor der Gleichschaltung, und, sogleich nach dem Zweiten Weltkrieg, in den Essays jener, die mit Recht behaupten, die Überlebenden müßten den schuldigen Faust mit anderen Augen sehen als die Väter. Karl Jaspers forderte damals in seiner berühmten Jubiläumsrede (1947) eine »Revolution der Goethe-Aneignung«, aber kein geringerer als der Philosoph Masaryk hatte sie antizipiert.

Zuletzt bleibt doch noch die spekulative Frage, warum sich Masaryk so lange und in so wechselnden Argumenten mit Goethes Faust beschäftigte, oder gegen ihn anschrieb; selbst im deutschen Sprachgebiet gibt es wenige (vor allem unter den deutschen Politikern), die sagen könnten, sie seien fast sechzig Jahre lang immer wieder zu ihm zurückgekehrt. Masaryks lange Beschäftigung mit Dostojewski und Iwan Karamasow ist kein überzeugendes Gegenargument: Allslawische Träumereien sind bei Masaryk fehl am Platz, auch im Literarischen. Er kannte Goethe lange vor Dostojewski und fühlte sich, aus verschiedenen Gründen, zu dem in religiösen Dingen unsicheren Kantonisten Goethe trotz allem eher hingezogen als zu Dostojewski, den er bezichtigte, sich als Jesuit der russischen Orthodoxie zu einem verlorenen Glauben durchlügen zu wollen; zuzeiten spricht er von ihm als einem sexuellen Psychopathen. Der Schlüssel liegt, wahrscheinlich, im Problem der Skepsis. Der religiös gestimmte Masaryk fühlte sich durch das Studium Humes wie aus Lebens- und Denkbahnen geworfen (seine Hume-Krise) und glaubte bei Goethe eine ähnliche Erschütterung annehmen zu dürfen. Masaryks Gedanken und seine Lebenspraxis zielten darauf, die Gefahren seiner Skepsis zu überwinden, und er behauptete, Goethe hätte den *Faust* geschrieben, um seinerseits die Skepsis künstlerisch zu transzendieren; offenbar waren sie Verbündete in der großen Unternehmung, die Bedrohung des Glaubens aus der Welt zu schaffen, jeder auf seine Art. Nur war mit Faust, wie Masaryk dachte, kein Staat zu machen; und Masaryk »erstarkte«, wie er selbst erklärte, in seinen Faust-Studien gegen die faustischen Möglichkeiten in sich selbst, gegen die Versuchungen der Skepsis, des Pessimismus und des Egoismus. Faust wird in seiner Charakteristik zum

Gegenbild des Denkers und Bürgers, wie er sein soll. Deshalb Masaryks störrisch-kritische Neigung, tschechische Faustnachahmer, die »Titanerlen« (titánkové), einschließlich Jaroslav Vrchlickýs und Julius Zeyers, zu verdammen, weil sie sich, gerade im Kontext ihrer Gesellschaft, auf einem Irrweg befanden. Das Schreckbild Fausts gibt seinem Entwurf der Humanität aus Nächstenliebe Kontur, Tiefe und Bedeutung.

EIN FLANEUR IN BRÜNN: 1938

Ich gehöre zu jenen Leuten, die sich zwar nicht genau daran erinnern, was sie vorgestern taten, aber ganz genau wissen, daß sie, mit zehn Jahren, am 2. August 1932, auf dem Weg nach Payerbach auf dem leeren Platz vor dem Südbahnhof eine paradiesische *Bensdorp*-Schokolade erstanden haben, und zwar von einem Mann, der einen Handwagen mit einem rotgetupften Schirm vor sich herschob (die roten Tupfen garantiere ich nicht). Was mit Erinnerungen an Orte und Kindheitslandschaften geschieht, die man vierzig Jahre nicht wiedersehen durfte, darüber weiß ich nichts Genaues zu sagen, ob sie weiterwuchern oder sich, wie in einem Dampfdruckkessel potenzieren, oder beides. Ich weiß nur, daß ich, als ich nach vier Jahrzehnten durch böhmische und mährische Kindheitsgassen ging, zuerst das Gefühl einer geschäftigen Erregung verspürte, dann eine Art egoistischer Trauer, daß ich dem alten Ort nichts von meinem Leben mitzuteilen im Stande gewesen war (wenigstens eine Schuhspur im Pflaster), und zuletzt die widerstrebende Einsicht in die Kontinuitäten, in das »Grundgeflecht« (Doderer) menschlichen Lebensverlangens, das ich mit einem fast archäologischen Blick in die Veränderungen der Topographie, zu erfassen begann. Es war eine merkwürdige Annäherung an ein Glück jenseits von Bitterkeit und Melancholie, eine Art friedlicher Stille, die sich ausbreitete, als ich Orte betrat, von denen ich einmal ausgegangen war – eine widersprüchliche Hoffnung, daß es mir gelingen könnte, ein geringes Selbst inmitten der Geschichte zu sehen, obgleich ich lebenslang überzeugt gewesen war, die Suche nach Wurzeln sei sinnlos, weil Menschen keine Bäume sind.

Ich gehe durch die Brünner Straßen und bin meinem jüngeren Selbst, dem Sechzehnjährigen von 1938, immer voraus, denn ich kenne seine Zukunft. Ich folge aber seinen Schritten; mir ist klar, wohin er geht und wohin nicht, denn seine Wege haben sich meinem Gedächtnis so eingeprägt, daß ich sie im Jahre 1990 ohne zu denken wiederhole; wie Gedichte in alten Büchern, die ich vom Regal nehme und lese, obwohl ich sie doch auswendig kenne. Es sind Jugenderinnerungen, wie sie jeder hat, aber mit einer kleinen Nuance, aus historischen Gründen; und wenn ich die Geschichte Mitteleuropas nicht studiert hätte, könnte ich sie aus meinen Brünner Spaziergängen rekonstruieren. Die Sache ist die: Brünn war damals, vor »München«, eine national und religiös geprägte Stadt verschiedener Gruppen und Gesellschaften. Sie hatte nicht bloß eine, sondern zwei oder drei Topographien, deren Konturen wie in einer verwackelten Photographie auf den einen Grundriß kopiert waren. Es kam darauf an, ob man Tscheche, Deutscher oder Jude war, oder gar einer wie ich, der überall und nirgends hingehörte, und sich von den Ereignissen gedrängt fand, Partei zu ergreifen – Partei ist nicht das richtige Wort, denn es ging um Sprachen, Traditionen, Lebensformen, und doch wieder ganz richtig, denn im Jahre 1938 war es entscheidend, wer für die Demokratie war und für die Tschechoslowakische Republik Partei ergriff, und wer nicht. Ich kehre lieber zu Einzelheiten zurück; meine jüdische Mutter, die im tschechischen Poděbrad zur Welt gekommen war, fand es damals wünschenswert, daß ich aus dem deutschen Gymnasium ins tschechische hinüberwechsle, und so befand ich mich, eines Septembermorgens des Jahres 1938, auf einem ganz anderen Schulweg als auf dem gewohnten, also nicht mehr Richtung Joštova, wo das deutsche Masaryk-Staatsgymnasium lag, sondern über den Lažanskýplatz und über das Glacis in die Legionářská, wo sich die tschechische Anstalt befand (ich saß 1990 auf einer Bank davor, und sie bot einen ein wenig melancholischen Eindruck). Es war alles kompliziert; meine Mutter hatte eben wieder geheiratet, einen Arzt jüdischer Herkunft und aktiven sozialdemokratischen Engagements (eher Ludwig Czech als Wenzel Jaksch), und während man zu Hause deutsch zu sprechen fortfuhr, konzentrierte ich mich auf die tschechische Grammatik, las Jiráseks F. L. Věk, und bemühte mich, mathematische Probleme, die ich auch auf Deutsch nicht verstanden hatte, in tschechischer Terminologie zu definieren.

Das alles kam nicht von ungefähr, denn ich und meine jüdischen Mitschüler wußten seit dem Tode Masaryks, daß unsere Tage in der deutschen Anstalt gezählt waren, und nicht nur deshalb, weil die Henlein-Professoren, noch in der Minderzahl, keinen Hehl aus ihren Überzeugungen machten. Wir hätten die alljährliche »Akademie«, die im »Deutschen Haus«, mit Iglauer Volkstänzen und weißen Strümpfen, abgehalten wurde, längst boykottieren sollen, meinte mein Freund Haas (den ich später als Arzt in London wiedersah), denn sie wurde immer genau am 20. April gefeiert, und das war Hitlers Geburtstag! Die Turnstunden waren politisch durch und durch; die Mehrzahl der Mitschüler, die Mitglieder des Deutschen Turnvereins waren, trugen ihre kurzen grauen Hosen (in der HJ sollte dann der Fahrtendolch hinzukommen) und suchten, beim arischen Schlagballspiel, die Juden oder Nicht-Mitglieder mit dem harten, aus Holz und Leder gefertigten Ball zu treffen; man trug kleine Blutergüsse davon, die bezeugten, daß man dem Ball eben nicht rasch genug ausgewichen war (kein Wunder, daß ich später selbst das amerikanische Baseball-Spiel nicht mitansehen konnte). Ähnliche Konflikte bildeten sich in der Deutschstunde, und vor allem in den Aufsatz- und sogenannten »Redeübungen«, bei denen jeder Schüler zwanzig Minuten lang über ein frei gewähltes Thema sprechen sollte. Ich wählte mir einmal Heinrich Heine, und der Klassenvorstand bemerkte prompt, ich hätte nicht unbedingt über Juden sprechen müssen, und lobte dann andere, die den eben angelaufenen anti-britischen Ufa-Film über Ohm Krüger, mit Emil Jannings, zu ihrem Thema wählten. Dabei zeigte dieser Klassenvorstand, ich nenne ihn Josef Schön, großen Enthusiasmus für die tschechische Sprache. Er kam aus irgendeiner mährischen Sprachinsel, hatte an der Prager deutschen Universität Germanistik und Slawistik studiert, las mit uns Božena Němcová, und lehrte Tschechisch auch an der deutschen Volkshochschule der Sozialdemokraten. Er war es leider auch, der (nachdem wir Nicht-Arier die Klasse verlassen hatten) im September 1938 erklärte (ich hörte das später), die Anstalt sei nun »judenrein« und dürfe sich ihren nationalen Belangen widmen. Er war schmächtig, entwickelte eine offene Tuberkulose und starb auf dem Marsch der Brünner Deutschen an die österreichische Grenze.

Es gab aber auch andere, und die Frage geht mir noch immer durch den Kopf, wie sie lebten und starben. Ich hatte großen Respekt vor Anton Altricher, dem Anstaltsdirektor und Verfasser einer gelehrten Monographie über die mährischen Zisterzienser. Als ich einmal glaubte, ihm auf der Masarykova třída begegnet zu sein und nicht gegrüßt zu haben, fürchtete ich eine schreckliche Bestrafung. Ich glaube, er war mir wohlgesinnt; in meinem letzten Jahr hatte er mir im Direktionszimmer eine förmliche Rüge des Professorenkollegiums auszusprechen (denn ich hatte wenig Interesse für den Lehrbetrieb gezeigt), und er tat das mit so feiner Sympathie, daß sie fast einem Lob gleichkam und so, als wollte er sich persönlich von der Entscheidung des Kollegiums distanzieren, weil er wußte, warum ich im Jahre 1937 nicht mehr mitwollte. Noch eine andere Begegnung jagte mir einen gehörigen Schrecken ein. Es war die Zeit des Bürgerkrieges in Spanien, und ich marschierte in einer Demonstration, unter roten Fahnen, für die spanische Republik, eben durch die Joštova, und sah plötzlich Karl Kreisler, unseren eleganten Französisch- und Stenographieprofessor (er schrieb und publizierte Gedichte), der mich seinerseits erkannte und mir nachsah. Ich fürchtete, schon am nächsten Tag relegiert zu werden, denn Mittelschülern war jede politische Tätigkeit verboten, aber er, der jüdischer Herkunft war, verriet mich nicht, und ich hoffe, daß er, als er mich unter den Demonstranten sah und mit einer kleinen Fahne der spanischen Republik auf dem Hemd, mit mir zufrieden war. Ich marschierte ja auch nicht nur für die spanische, sondern auch für die tschechoslowakische, oder meine und seine Sache.

Mein Eintritt ins tschechische Gymnasium war wenig melodramatisch; es ergab sich, daß ich zu einer Gruppe von ehemals deutschen Schülern zählte, die hinüberwechselten (darunter Käthe Haftel, die später als kommunistische Widerstandskämpferin hingerichtet wurde), und die Professoren verloren kein Wort über die neuen Studenten, deren Tschechisch sie gelegentlich mit einiger Geduld ausbesserten. Der Alltag in der Klasse war nicht so politisch wie in der deutschen Schule; man war gewohnt, mehr zu arbeiten (vor allem in Griechisch und Latein), und ich hatte das Gefühl, daß alles ein wenig altertümlich war, und gar nicht so weit von F. L. Věks Idealismus entfernt. Ich hatte keinen Grund zu klagen; der kluge Tschechischlehrer Robert Konečný, der mein Interesse für seinen Gegenstand merkte, empfahl mir, bei einer seiner Oktavanerinnen *kondice* zu nehmen (ich tat das gerne, denn sie war strohblond und intelligent). Im übrigen stellte sich heraus, daß ich die meisten Voskovec-und-Werich-Songs, dank meinem jüdischen Onkel, der mich in Prag immer ins Osvobozené Divadlo mitgenommen hatte, auswendig kannte, und das war wichtig, weil man sich in der Pause immer zusammentat, und während Vojtěch Jestřáb, der spätere Linguist, auf der Gitarre spielte, gemeinsam »Španělskou zemi ja mám rád« (Ich liebe das spanische Land) oder »Svět patří nám« (Die Welt gehört uns) oder gar »Život je jen náhoda« (Das Leben ist nur ein Zufall) sang, und dabei mit der schönen Andula, die kühl über uns Sextaner hinwegblickte, zu flirten suchte. Ich glaube mich zu erinnern, daß die neuen Mitschüler mehr miteinander zusammenhingen als die deutschen; und bald fand ich mich in Runden und Kreisen, die in bestimmten Konditoreien zusammenkamen, bei Toman (rakvičky, die es 1990 nicht mehr gab) oder in einer anderen in der Nähe der Hauptpost – eben nicht im Eissalon Olivo, wo die deutschen Mittelschüler saßen und die Zwillingsschwestern Neumann bewunderten, die exotisch waren, denn sie kamen aus Budapest.

Ich lernte damals, wie sich die Brünner Topographie mit einem Male veränderte, Konditoreien, Kinos, Theater, Sportplätze, alle hatten einen anderen Namen und lagen in einer anderen Gegend. Nicht nur Toman anstatt Olivo, sondern auch der Korso, wo man sich gerne, mit der neuen Krawatte umgetan, zwischen halb fünf und sechs Uhr sehen ließ, war nicht mehr derselbe. Die deutschen Gymnasiasten zog es noch in die Rennergasse (Běhounská), wo bald viele weiße Strümpfe zu sehen waren, und die tschechischen, zu denen ich jetzt gehörte, in die Česká ulice, wo man vom Hotel Avion bis zum Warenhaus Aso flanierte. Der Weihnachtsmarkt, um St. Jakob, war noch national gemischt, aber zum Eislaufen ging ich nicht mehr, wie vormals, in den Augarten (Lužánky), wo man sich in der Wärmestube mit den Mädchen umtat oder ihnen gar behilflich war, die Schlittschuhe anzuschnallen, sondern ins »Stadion«, wo die Musik moderner war und das Flirten sich allerdings darauf beschränkte, kurz vor der Verehrten und quer gegen die Laufrichtung scharf zu bremsen (mit »Kanadischen« natürlich) und sie durch eine kleine Wolke von Schnee und Eissplittern zu beunruhigen. Mit den Kinos war es auch nicht einfacher, und ich mußte manchen Ort meiner ästhetischen Bildung aus nationalen Gründen hinter mir lassen und anderswo Zuflucht suchen. Ich fühle mich durchaus nicht schuldig, von meinen damaligen Kino-Leidenschaften zu sprechen, denn ich fand mich unlängst in Italo Calvinos *Autobiografía di uno spettatore* bestätigt. Er beschreibt meine Kino-Gefühle genauer und poetischer, als ich es je könnte; diese Reinheit der Energie, mit der man sich zwischen vierzehn und siebzehn auf das Kino konzentrierte. Frühe Kindheitsgefühle sind ja verwirrt, sagt Calvino, und später vermischt man Eindrücke aus Filmen mit anderen Eindrücken und Erfahrungen. Calvino kennt auch die Konflikte der Zeitgefühle, wenn man zur Vier-Uhr-Vorstellung ging, die Zeit drinnen im Film, und die Zeit wieder draußen, auf der Gasse. »Man trat aus dem hellen Licht ins Kino ein und fand dann die Dunkelheit draußen, und die Straßenlichter, welche das Schwarz-Weiß der Leinwand verlängerten.« Und wer weiß noch, außer mir und Italo Calvino, wer Mischa Auer war, russischer Herkunft, und mit Peter-Lorre-Augen (zumeist in der Rolle eines skeptischen Butlers), und wer kennt *Trader Horn*, das Urbild aller afrikanischen Expeditions- und Abenteuerfilme? Calvino war glücklicher als ich, denn er konnte immer in dieselben Kinos gehen, aber in einer national geteilten Stadt war das nicht einfach. Vor allem mußte ich das Kino »Orania« verlassen, wo man schon mit fünfzehn Jahren hineinkam, weil die Billeteurin ein Auge zudrückte (ich sah unlängst, daß dort ein Kindertheater spielt), das »Central«, dem ich die *Dreigroschenoper* verdankte (erste Fassung mit Lotte Lenya), und ein handtuchgroßes Kino oben an der Bäckergasse, wo sie immer Ufa-Filme, auch die guten, spielten. Jetzt übersiedelte ich ins »Moderna«, am Dominikanerplatz, wo ich die *Broadway Melody of 1936* sah, ins »Stadion«, wo man auf Laurel und Hardy spezialisiert war, und ins modische »Alpha«, wo man damals wie heute die neuesten Streifen vorführte. Als Film-Fanatiker war ich aber sehr früh binational, denn gelegentlich ging ich ins

Kino »Sibiř« in Královo Pole zur Kindervorstellung, Sonntag um halb drei, wo Zvonimír Rogoz in einem historischen Film den Herzog Wenzel spielte, blaß und des Bruderdolches gewärtig (später spielte Rogoz dann den reifen Verführer, im Seidenschlafrock und hinter Mädchen aus der Provinz her). In Královo Pole waren allerdings alle Filme stumm, und zu jedem wurde das populäre Musikstück »Auf einem persischen Markt« gespielt, das sich in meiner Erinnerung immer noch mit dem Heiligen Wenzel verbindet. Ich sah auch jeden Film mit Věra Ferbasová (später änderte sich mein Geschmack allerdings), und als ich einmal nach Prag fuhr, und im Speisewagen (wo ich meine kosmopolitische Eleganz bewies) am Nebentisch Theodor Pištěk und Antonie Nedošinská entdeckte, kannte mein Vergnügen keine Grenzen.

Wahrscheinlich wunderten sich meine neuen tschechischen Mitschüler, als ich am Morgen nach der Septembermobilisation 1938 in der Uniform der *Národní Garda*, im militärgrünen Mantel, mit Koppel und Bajonett (es war ziemlich lang, und stammte wahrscheinlich aus zaristischen Beständen der russischen Legionen) meinen Platz in der Bank einnahm, ziemlich weit hinten, als sei das die selbstverständlichste Sache der Welt. Ich hatte dabei nicht die geringste Absicht, als plötzlicher Super-Tscheche aufzutrumpfen, und ich glaube heute noch, daß mich viele meiner neuen Freunde, deren Väter eben in der Nacht zur Armee eingerückt waren, nicht ganz verstanden. Ich wollte aber gegen Hitler kämpfen, möglichst sofort, und da ich zu jung war, um mich als Freiwilliger zur Armee zu melden, meldete ich mich bei der *Národní Garda*, einem von Legionären organisierten vormilitärischen Verband, der lange ein wenig dahinvegetiert hatte und jetzt seine große Stunde erlebte. Man stellte nicht viele Fragen, als ich nach der ersten Nachricht von der Mobilisation pünktlich zur Stelle war. Ich erhielt eine Uniform, einen Tornister, das eben zu lange Bajonett und einen

Platz auf einem Strohsack in einer Infanteriekaserne. Wir verbrachten die historische Nacht, indem wir Radio hörten und die Frage diskutierten, wie man uns verwenden wollte, an welcher Front und mit welchen Aufgaben. Wir waren ein wenig enttäuscht, als man uns sagte, die *Národní Garda* würde den Dienst im Rücken der Armee übernehmen und eroberte Brükken und Bahnhöfe bewachen, um die regulären Soldaten für die Front zu befreien. Ich mußte natürlich aufpassen, um mich nicht als halbjüdischer Staatsbürger deutscher Zunge zu entpuppen, denn die Garde war streng tschechisch-national, und ich tat das, indem ich im Gespräch komplizierten Dual- und Pronominalformen auswich, die manchmal nicht ganz stimmten, und mich, ein wenig einsilbig, auf die Grundausbildung konzentrierte, die tagsüber auf der Kraví Hora stattfand; obwohl man uns keine scharfe Munition ausfolgte, lernte ich mein altes Gewehr (wahrscheinlich aus dem Ersten Weltkrieg) zu präsentieren. Ich war eine komische Figur, ein 16jähriger Don Quijote der republikanischen Staatsidee, und als alles zu Ende war, lieferten wir unsere Waffen und Uniformen ab und gingen dann wieder regelmäßig in die Schule, wo wir Milič z Kroměříže und F. L. Věk, Kapitel 14, studierten.

Ich habe mich später noch oft gefragt, woher meine frühen Orientierungen in nationalen und sprachlichen Umständen stammten, und ich glaube, daß ich in einer Familie, die sich allen strengen nationalen Kategorisierungen entzog, auf mich selbst angewiesen war. Die Familie meines Vaters stammte, wie schon erwähnt, aus dem ladinischen Südtirol und war auf ihrem ökonomisch bedingten Exodus nach Norden, über Linz nach Prag, zur deutschen Sprache übergegangen (meine Großmutter väterlicherseits sprach zu Hause, in der Küche, noch ladinisch), und in der jüdischen Familie meiner Mutter sprach man tschechisch und deutsch, manchmal auch durcheinander; mein Onkel Karel, Glasfabrikant und Millionär, der später in Auschwitz umkam, war ein tschechischer Patriot, der die *Národní Listy* abonnierte, ins Nationaltheater ging (aber nie ins Deutsche Theater, wo mein Vater Dramaturg war). Er machte mir einmal, in einer südböhmischen Sommerfrische, einige Vorwürfe, weil ich seinen älteren Sohn Ivan, der Auschwitz überlebte, in eine Versammlung von deutschen Sozialdemokraten zog, wo ich Näheres über die spanischen Vorgänge zu hören hoffte – sie waren aber rot, und sprachen deutsch, und sündigten also doppelt. Ich erinnere mich nicht, daß irgend jemand in unserer Familie, hier und dort, je Bürger eines anderen Staates sein wollte als eben der Republik, in der alles seinen soliden Ort hatte, auch die Polizisten mit dem *Pendrek* und die Infanteristen, die sich sonntags mit unseren Dienstmädchen trafen. Deshalb war auch Masaryks Besuch in Brünn nicht nur ein Staats-, sondern auch ein Familienereignis. Man wußte, daß der Präsident das Landesmuseum besuchen wollte, und wir scharten uns alle in meines Vaters Büro in der »Redoute« zusammen und sahen Masaryk, in einem weißen Sommeranzug und mit einem Strohhut, aus dem Wagen steigen; ich weiß, daß ich das Bild *nicht* erfunden habe. Es gab aber auch kompliziertere Episoden; ich war immer begierig, die Militärparaden am 28. Oktober zu sehen, wegen der Artillerie und der merkwürdigen Uniformen der Legionäre, und kaufte mir auch eine Trikolore und rief »Nazdááár«, wenn die Kavalleristen, mit den gelben Aufschlägen, elegant vorbeitrabten; aber als ich dann erhitzt und mit der Trikolore nach Hause kam, überhörte ich ein Gespräch meiner Eltern, die sich fragten, ob mich auch jemand *gesehen haben könnte* – nämlich ein national gesinntes Mitglied des deutschen Theatervereins, der zusammen mit jüdischen Fabrikanten das deutsche Theater finanzierte. Die Frage hatte ihren Sinn, aber auch das begriff ich erst viel später, als ich einsah, daß mein Vater gerade im Jahre 1933 (als in Deutschland die Gleichschaltung begann) von seinem Posten als Direktor des deutschen Theaters entlassen wurde. Er war, mit seiner jüdischen Ehefrau, ein Kompromißkandidat gewesen, und die Ereignisse warfen ihre üblen Schatten voraus, auch über die Grenzen.

Eine der frühen Erfahrungen, deren Ergebnisse ich viel später begriff, waren meine Samstagnachmittage in der Zweigstelle der Brünner tschechischen Gemeindebibliothek, die sich fast gegenüber dem Masaryk-Gymnasium befand. Ich lernte dort, daß es nicht *eine* Geschichte gab, wie meine Professoren zu glauben schienen, sondern verschiedene, aus verschiedenen Perspektiven. Die tschechischen Bücher, nach den deutschen gelesen, zeigten mit einer unvermuteten Plötzlichkeit, daß ich, je nach der Sprache meiner Lektüre, in zwei historischen Welten lebte, die kaum Zeiten und Orte gemeinsam hatten, und selbst die Auswahl der Fakten war immer eine andere. Als 12- und 13jähriger war ich immer in die deutsche Zweigstelle in der Rudolphsschule (Ecke Husgasse) gegangen, um mich mit Lektüre zu versorgen, und ich zählte zu denjenigen, die immer darauf warteten, ob jemand einen dicken Band des *Guten Kameraden* retournierte, den ich dann, still triumphierend, nach Hause schleppte. Franz Werfel und Günter Kunert haben lyrische Hymnen auf den *Guten Kameraden* geschrieben, der (ziemlich konservativ und national) Abenteuergeschichten in Fortsetzungen, Bastelanleitungen, Schülerwitze und Illustrationen aus der Naturwissenschaft in endloser Folge aneinanderreihte, jedenfalls gut für eine Woche. Ich weiß nicht, warum ich mich eines Tages in der tschechischen Bibliothek (ein paar Schritte weiter) festsetzte; obwohl ich nach dem *Malý Čtenář* hätte greifen sollen, bemächtigte ich mich eines populären Bandes über die Balkankriege von 1912, mit blutrünstigen Illustrationen bulgarischer Helden und türkischer Barbaren – und da entdeckte ich, daß alles anders aussah, als es sich im *Guten Kameraden* dargestellt hatte. In diesem waren die Türken die Helden und die barbarisch slawischen Bulgaren die Feinde gewesen, und ich hatte meine erste Lektion über die Listen und Tücken der nationalen Geschichtsschreibungen gelernt. Ich blieb in dieser Bibliothek hängen, buchstäblich und metaphysisch, und wenn ich später nationale Interessen, die nichts als national waren, nur ironisch zu sehen vermochte, so war dabei der Balkankrieg von 1912 und die neu entdeckte Bibliothek im Spiel.

Auf meinen Brünner Spaziergängen bewege ich mich im Schatten meiner Wege von 1938, und nicht nur aus sentimentalen Gründen, sondern auch aus anderen, die einer politischen Auslegung bedürfen und aus dem Sentimentalen ins Polemische wechseln. Auf meinen neuen Spaziergängen fällt mir die Abwesenheit der alten Dinge nicht weniger ins Auge als ihre Präsenz. Auf dem Spielberg, ein wenig oberhalb der Kastanienallee, ist die Marmorplatte, welche die Verdienste des Historikers und Brünner Bürgermeisters Christian D'Elvert rühmt, (übrigens eines Sohnes französischer Emigranten) noch immer bis zur Unkenntlichkeit zertrümmert (obwohl das von der Regierung Mussolini errichtete Denkmal, das die armen Carbonari für den Faschismus in Anspruch nimmt, in unveränderlicher *Credere Obbedire Combattere*-Gloria dasteht). Der Brünner Milan Kundera schrieb in einem seiner Bücher über das Verhängnis des Vergessens, und ich fühle, daß die Diktatur des Vergessens noch andauert, auch jene, welche die Konstellationen von 1938 betrifft – selbst wenn wir alle leider genau wissen, welche pathologische Folgen fortgesetzte Verdrängungen für die Nation, Gemeinde und den Einzelnen haben. Ich höre immer nur Gespräche über Deutsche und Tschechen, als ob die Nationen Granitblöcke wären, die auf- und gegeneinander stürzen, und ich vermisse die historische Erinnerung an die Nuancen, Schattierungen, die geplagten Menschen in den Zwischenräumen der Politik und der Geschichte – zum Brünner Beispiel, die Feiern zum Ersten Mai, als sich die Brünner Linke, tschechisch und deutsch (denn es gab in Brünn, zum Unterschied von Prag, ein authentisches deutsches Proletariat) zu gemeinsamen Volksfesten auf der »Myslivna« traf, damals noch ein bescheidenes Gasthaus im Grünen; die Gruppen der mährischen und österreichischen Sozialisten, einschließlich des jungen Bruno Kreisky, die in Julianov die *Arbeiterzeitung* redigierten, druckten und nach Österreich schmuggelten, oder das deutsche Theater der Antinazis, das ohne Dach und Fundus, in einem Winkel des Ausstellungsgeländes, v Pisárkách, Brecht zur Aufführung brachte.

Ich sage das nicht nur, um an jene Brünner deutscher Zunge zu erinnern, die sich damals als Landespatrioten verstanden, sondern weil sich diese Erinnerungen selbst wieder zum Gedenken an die tragischen Jahre nach dem Tode Tomáš G. Masaryks zusammenfügen und an einen Moment der großen Geschichte der tschechischen Nation. Ich verwende das Wort allerdings im Sinne Jan Patočkas, der nie die Absicht hatte, den Nationalen zu schmeicheln, und deshalb zwischen kleinen und großen Momenten der tschechischen Geschichte unterschied – die kleinen, in denen sich das nationale Selbstbewußtsein wie ein satter Igel in sich selbst und in Abwehr gegen alles Draußen zusammenrollte, und die großen, in welchen sich die Nation bedeutendere und einschließendere Ziele setzte als allein das Nationale –, so in der hussitischen Revolution, die sich zum Ziel setzte, das Christentum in eine Religion der Laien zu verwandeln und die erste europäische Reformation zu inszenieren. Man darf, auf Patočka zurückgehend, die alte Tschechoslowakische Republik auf doppelte Weise verstehen; als kleine Geschichte, solange es um nationale Unabhängigkeit ging und um nichts anderes (bei Emanuel Rádl, *Válka Čechů s Němci*, 1928, nachzulesen); oder, wie ich glaube, als große Geschichte einer Republik vieler Völker und Gesellschaften, die, inmitten einer Umgebung illiberaler oder gar autoritärer Staaten, die aufgegebene Nationalität der Idee, nicht allein einer Sprache, als gesellschaftliches Programm aufzunehmen bereit war, in der Tradition Bernard Bolzanos, nicht Herders. Die Tschechoslowakei als Republik der Staatsnation gehörte der kleinen Geschichte, Masaryks Republik der Nationalitäten aber, die schon multikulturelle Verhältnisse reflektierte, der großen an. Meine Brünner Spaziergänge erinnern mich an die tragischen und zukunftsträchtigen Momente jener großen tschechoslowakischen Geschichte, und ich möchte sie, gerade wenn ich die letzten Nachrichten aus Bosnien oder Sarajewo höre, nicht missen.

Die Legende vom magischen Prag

Als ich unlängst nach vierzig Jahren nach Prag zurückkehrte, in eine, wie mir schien, verwahrloste Stadt, war ich überrascht, von allen Seiten mehr über den magischen Ort des Golem zu hören als über die einstige Residenz Tomáš G. Masaryks. Ich setzte mir damals in den Kopf, eine Streitschrift gegen das »magische Prag« zu verfassen, gelangte aber bald zur Einsicht, daß eine solche Streitschrift die eine Legende nur durch eine andere ersetzen könnte, und dachte mir deshalb, daß es besser sei, vorgeformten Thesen zu entsagen und lieber Proportionen zu definieren und ererbte Gemeinplätze skeptisch auf ihren Kern abzuklopfen. Ich füge hinzu, daß ich in dieser Arbeit sehr viel vom Prager Slawisten Karel Krejčí und seinem 1967 erschienenen Buch *Praha legend a skutečností* (Prag: Legende und Wirklichkeit) lernte, das nur sechs Jahre vor Angelo Maria Ripellinos *Praga Magica* erschien und im Kontrast zu dem »launischen« italienischen Buch (so die Selbstcharakterisierung des Autors) die Traditionen des »phantastischen« Prag mit jenen der königlichen, aufgeklärten, biedermeierlichen und plebejischen Stadt in lebhafter Pluralität balancierte. Ich will aber nicht nur beschreiben, und frage auch nach den Gründen, welche das besondere Bild des phantastischen, magischen, mystischen, unheimlichen oder geheimnisvollen Prag, oder wie man es nennen will, gerade in einer neuen Epoche rationaler Gesellschaftsreformen in den Vordergrund des Interesses schieben, und nach der Ideologie dieses Interesses, die, indem sie das eine akzentuiert, das andere verbirgt und verdrängt.

Ich beginne auf scheinbaren Umwegen mit einem dritten Buch, das ideologische Voraussetzungen klärt, ohne sich ihrer selbst bewußt zu sein. In seinem amerikanischen Buch *Prague: The Mystical City* (1971) streift Josef Wechsberg auf wenigen Seiten die Sage von Libussa und gelangt sogleich, in einem kühnen Sprung, ins 17. Jahrhundert, die Epoche Rudolfs II. und des Rabbi Löw. In seiner Auswahl der Stoffe und Figuren hält sich Wechsberg an einen kulturkritischen Konsensus, der die Prager Mystik und Magie, allerdings ohne feinere Unterschiede, seit jeher im Rudolfinischen Zeitalter lokalisierte und die mittelalterliche und barocke Mystik katholischer Herkunft ignorierte. Die modernen Prager Geschichtsschreiber, ob Nationale, Erben der Hussiten oder liberale Republikaner, waren aus historischen Gründen geneigt, die katholische Tradition an den Rand zu drängen; und das ist auch bei Ripellino, der aus der italienischen kommunistischen Bewegung herkommt, nicht anders. Die Geschichte der Prager Mystik, oder ihrer Ansätze, bleibt noch zu schreiben; und sie wird sich auch mit der Frage beschäftigen, warum sich die mittelalterlichen Ansätze im Zeitalter Karls IV. und der Hussiten nicht ebenso entwickelten wie im 17. Jahrhundert und vor allem nach der Schlacht am Weißen Berg (1620), welche im Zuge der Gegenreformation die Spanier und ihre geistlichen Orden nach Böhmen brachte. Um so wünschenswerter, an einige der frühen Texte und Figuren der Prager Mystik zu erinnern und ihnen, das Geheimnisvolle reduzierend, spätes Gehör zu verschaffen.

1.

Der erste Prager mystische Text, für lange der einzige, entstand im benediktinischen Frauenkloster von Sankt Georg auf dem Hradschin, dem an der Wende vom 13. zum 14. Jahrhundert

Kunhuta, oder Kunigunde, die Tochter des tragischen Königs Přemysl Otakar II., als Äbtissin vorstand. Man nennt diesen Text *Kunhutas Gebet*, obgleich es durchaus nicht gewiß ist, daß sie ihn je selbst im Gebet sprach. Kunhuta war außerordentlich tätig in der Förderung der Künste, sei es der geistlichen Dichtung oder der illuminierten Manuskripte, die sie aus den Skriptorien von Salzburg und Bologna importierte, und es hat durchaus historischen Sinn, ihren Namen mit dem Text zu verbinden (selbst wenn das Brevier, in dem man den Text fand, einer Laienschwester namens Máña gehört haben sollte). In *Kunhutas Gebet*, geschrieben in den letzten Jahren des 13. Jahrhunderts, orientiert sich der unbekannte Prager Verfasser an Augustinus und Thomas von Aquin und hebt das mystische Paradox der göttlichen Gegenwart in Brot und Wein hervor, die er in aller Sinnlichkeit umfaßt: *Du verbirgst Dich ganz in der Gestalt des Brotes (...) bist nicht größer im Himmel oder kleiner in der Hostie;* unausdenkbar und unendlich die Präsenz Christi im Brokken Brot, den jeder Gläubige in der Kommunion empfängt, der erste, aber auch der zweite, dritte und vierte, ja der tausendste, der Brot und Wein zu sich nimmt. *Božie tělo (...) / ve všech miestiech vše jedno je / tako věří srdce moje. Gottes Leib ist nicht doppelt oder dreifach, er ist an allen Orten überall der eine, so glaubt mein Herz.* Man könnte meinen, daß das Zeitalter Karls IV., in dem die geistliche Elite, einschließlich des Erzbischofs und des Kanzlers, eine augustinische Frömmigkeit der innerlichen Kräfte bevorzugte, den möglichen Entwicklungsprozeß mystischer Ansätze gefördert und genährt hätte, aber dem ist nicht so, zumindest nicht ganz. An internationalen Begegnungen fehlte es nicht; Johann von Dambach, ein berühmter Professor der Theologie, den Karl als einen der ersten an die neue Universität berief, war ein Schüler Meister Eckharts (allerdings ein orthodoxer); und Karl selbst begegnete dem Mystiker Johannes Tauler, in Straßburg, blieb aber, seinem Temperament nach und aus kirchenrechtlichen Gründen, kühl und distanziert. Ähnliches geschah, als sich der römische Volkstribun Cola di Rienzo hoffnungsvoll nach Prag flüchtete und den Kaiser, unter Berufung auf Joachim de Fiores Visionen von der Herabkunft des Heiligen Geistes, zu einer politischen und militärischen Intervention in Italien zu bewegen suchte; man hörte zu und setzte ihn dann als potentiellen Häretiker in Prag und im Rauditzner Schloß des Erzbischofs für zwei Jahre in Haft. Eine mystische Spur führt aber in die karolinische Architektur, die dem repräsentationsbedachten Karl näher stand als das Literarische, und von dort in die Legendenschreibung der Epoche. Karl hatte eine besondere Vorliebe für die gold- und edelsteinstrahlende Vision des »Neuen Jerusalem« in Johanni Offenbarung (21, 16–21), und sein Architekt Peter Parler übersetzte den Text, auf Wunsch Karls, in die Architektur der St. Wenzelskapelle (quadratisch im Grundriß und inkrustiert mit Gold und Edelsteinen) im Veitsdom, und das Gleiche unternahm ein Architekt, der die Hl. Kreuz-Kapelle im höchsten Turm der Burg Karlstein für Karl konstruierte. Zu gleicher Zeit schrieb ein tschechischer geistlicher Dichter (vielleicht um die Aufmerksamkeit des Kaisers auf sich zu lenken) eine Legende vom Leben und Sterben der Hl. Katharina (Karls Lieblingsmärtyrerin) und wiederholte, in ihrer Vision vom Verlöbnis mit Christus, den szenischen Entwurf des »Neuen Jerusalem«, genau nach dem Text der Offenbarung und der St. Wenzelskapelle. Die Wissenschaft ist sich einig, daß diese Legende zu den ästhetisch bedeutendsten alttschechischen Gedichten zählt und fühlt doch einige Hemmungen, sich auf den Text einzulassen, denn der Dichter mischt, auf schon barocke Art, geistliche Ekstasen mit sadomasochistischen Elementen, vor allem in seiner Beschreibung der komplizierten Marterinstrumente und der Auspeitschung der nackten Heiligen. Der Prager Hof, der den (im besten Falle) zweitrangigen deutschen Dichter Heinrich von

Mügeln zu Gaste lud, tat nichts, um den Katharinen-Dichter zu unterstützen, und selbst Jiří Karásek ze Lvovic, der provozierende Erzmeister der tschechischen Dekadenz, besaß nicht die Kühnheit, solche Szenen zu entwerfen.

Die Hussiten, mit ihrem Glauben an die nur symbolische Präsenz Christi in Brot und Wein und in ihrer Befreiungstheologie, stehen nicht im Ruf, Mystiker zu sein, und der späthussitische Text *Praga Mystica* (1505) bestätigt ihre weltzugewandten Neigungen eher, als ihnen zu widersprechen. In diesem Traktat interpretiert der Prager utraquistische Prediger Jan Bechyňka das Panorama Prags in stetem Bezug auf das Wirken Gottes. Es geht ihm gar nicht darum, Geheimnisse zu schaffen; er will eher Verborgenes ans Licht bringen und beruft sich dabei – auf die Zigeuner, diese ersten Physiognomiker, die Verborgenes aus Handlinien, der Stirn, der Kleidung, dem Schritt der Menschen zu lesen wissen. Gott selbst hat die Topographie der Stadt geprägt, und Bechyňka will die religiösen Bedeutungen der einzelnen Stadtbezirke und Architekturen zeigen; moderne Leser werden sagen, daß er dabei leicht aus dem Überirdischen ins Religionssoziologische hinabgleitet. Bechyňka zieht einigen Trost aus der engen Nachbarschaft der Alt- und der Neustadt, denn sie bilden den utraquistischen Kern der Metropole, selbst wenn er an dem allzu irdischen Gebaren der Prager Bürger Anstoß nimmt, die Tag und Nacht ihrer Freßlust obliegen, *ba i v noci žere a nikdy syt není.* Die Kleinseite ist der Ort der katholischen Widersacher, sie hat mehr unbebaute Flächen als Häuser und ähnelt so der römischen Kirche, die nur in bloßen Worten und nicht in Taten triumphiert. Der Hradschin, »schön, bunt, kunstvoll aufgebaut«, steht leider leer, der Jagellonische König residiert anderswo, und nur der *chaterný Vyšehrad,* der verwitternde Vyšehrad, erinnert noch an die christliche Urkirche, tugendhaft und ohne weltliche Verwicklungen. Bedřich Smetana, der Komponist, wäre über Bechyňka entsetzt gewesen, denn der Utraquist bezeichnet die Moldau als üblen und giftigen Fluß. Sie fließt von Süden her, aus der Richtung Roms und der Päpste, und es ist nicht von ungefähr, daß die Prager allen Unrat in den Fluß werfen und so ansteckende Krankheiten verursachen. Um so entscheidender die Bedeutung der steinernen Brücke, die katholische und utraquistische Stadtbezirke verbindet, und die an sie geknüpfte tolerante Hoffnung, diese beiden Gruppen der Christen würden trotz aller Feindschaft zueinander finden. Die Brücke symbolisiert die Basler Kompaktaten, das Minimalprogramm, in welchem sich Katholiken und Utraquisten einig waren, aber Bechyňkas Toleranz bezieht sich nicht auf die böhmische Brüdergemeinde (allzu radikal) oder die Juden, die nicht zu dieser Stadt gehören, obwohl sie dort seit Jahrhunderten wohnen.

Die bedeutendste Kristallisation der Prager katholischen Mystik bildet sich im Zeitalter des religiösen Barock in den Klöstern der barfüßigen Karmeliterinnen und in der Jesusdichtung tschechischer Sprache, ob katholischer oder protestantischer Herkunft. Diese Kristallisation war lange verborgen; das literarische Barock ist ja, auch in Deutschland oder England, eine Entdeckung der Jahre vor dem Ersten Weltkrieg, und in Prag hat sich die jungtschechische, realistische und republikanische Generation nicht eben dazu gedrängt gefühlt, die Mystik nach der Schlacht am Weißen Berg zu erforschen. Ihre Historiker, von Bohdan Chudoba bis Zdeněk Kalista, fanden sich in einiger Opposition zum Geiste Masaryks, zur liberalen Staatsideologie der Ersten Republik, aber auch des späteren Regimes. Die legendäre Figur des Prager Barock ist die Priorin des Karmeliterinnenklosters Maria Elekta di Gesù, eigentlich Catharina Tramazzoli aus Terni, die mit zweiundzwanzig Jahren die glühende Disziplin der Karmeliterinnen auf sich nahm, vierzehn Jahre im Wiener Kloster und dreizehn als Lehrerin der Novizinnen in Graz wirkte, ehe sie im Jahre 1656 von ihren Oberen, und auf Wunsch der spanischen Gattin Ferdinands II., damit beauftragt wurde, in Prag ein Karmel der Frauen zu gründen; ihm stand sie bis zu ihrem Tode (1663) vor und wurde dann von ihren Schwestern und von böhmischen Gläubigen weithin adoriert. Ihre Mitschwestern verehrten sie so, daß sie ihren im Garten des Klosters beigesetzten Leichnam ausgraben ließen; und da er wie unverändert war, setzte man sie an den gemeinsamen Tisch (nur mit dem Kopf hatte man ein wenig Schwierigkeiten, denn man hatte ihr bei der Beerdigung das Genick gebrochen) und fand dann für sie eine Stube unter dem Dach, wo viele Gläubige, vor allem Prager Aristokratinnen, herbeiströmten, um das Wunder mit eigenen Augen zu sehen.

Die Historiker wissen nicht viel von Maria Elekta, und die Geschichten, die sich in ihrem italienischen Stammkloster und Prag erhielten, bezeugen, daß Maria Elekta der Theresa von Avila in strengster Observanz diente. Die Gebete, mit denen sie Jesus als Geliebten in der Eucharistie erwartet, bezeugen die Tiefe ihres ekstatischen Gefühls, »Komm, oh guter Jesus! Komm mein Geliebter! Komm mein tausendmal und abertausendmal Erwarteter! Komm, den meine Seele liebt; *toties te intra me sumere decido. Inveni quem diligat anima mea – tenebo eum et nunquam, nunquam, nunquam dimittam!* Ihn will ich in mir haben (...) und niemals, niemals, niemals von mir lassen!« Es ist möglich einzuwenden, daß hier mystische Motive spanischer Herkunft über Italien nach Prag importiert werden, aber das Barock ist ein internationales Zeitalter, und ähnliche Motive sind, vor Maria Elektas Ankunft in Prag, in der tschechischen Jesuslyrik des südböhmischen Poeten Adam Michna von Otradovice gegenwärtig und zu ihrer Zeit in der geistlichen Poesie des Prager Jesuiten Bedřich Bridel, der die Jesuitendrukkerei im Clementinum führte, aber auch im Exil, in den Versen Jiří Třanovskýs, der bei slowakischen Adeligen Schutz und Zuflucht gefunden hatte.

2.

Den Historikern ist es immer leichter gefallen, Mystik und Magie im Rudolfinischen Zeitalter, am Hofe Rudolfs II. und in der Gelehrtenstube des Rabbi Löw, zu finden als in früheren Zeiten oder im katholischen Barock. Ich will hier nicht, noch nicht, die Frage aufwerfen, ob Rabbi Löw der rabbinischen Tradition oder eher einer kabbalistischen Mystik zuneigte. Die Geistesgeschichte kennt Mischungen und Nuancen, und ich würde ihn eher, mit einem Blick auf sein praktisches und reformatorisches Engagement, als radikalen Konservativen bezeichnen, der die Prager Gemeindeältesten seiner Zeit vor den Kopf stieß (sie lehnten es zweimal ab, ihn zum Gemeinderabbiner zu bestellen) und noch später, gerade weil er so konservativ war, von den Chassidim lebhaft verehrt wurde, und durch ihre Augen sieht ihn auch der einst jugendbewegte Gershom Scholem. Rabbi Löws Verbot, Wein zu benutzen, der durch christliche Hände gegangen, ist nur eine, sehr charakteristische Einzelheit seiner Strenge, die sich gegen alle Lässigkeit richtet. Er predigt gegen die Unbildung der jungen Leute, die sich zum Lehrberuf drängen, polemisiert gegen die alltägliche Gewohnheit der Rabbiner, Geschenke für die Ausübung religiöser Pflichten anzunehmen, und kehrt sich mit Abscheu von einer manipulierten Wahl der Rabbiner mit Hilfe der weltlichen, also nichtjüdischen Obrigkeit (eine solche Berufung ist Angelegenheit der Gemeinde, und nur der jüdischen Gemeinde). Das verbindet sich mit dem Plan einer Jeshiva-Erziehung, die sich (wie es auch Comenius gefordert hätte) nach Alter und Auffassungsgabe der jungen Leute richten soll, und mit einer heftigen Polemik gegen die damals herrschende Methode des Pilpul, das heißt einer komplizierten Kasuistik, welche die fundamentalen Texte aus dem Gesichtskreis verliert und sich mit dem Silbenstechen der Kommentare und Metakommentare begnügt. Auch Rabbi Löw ruft im Geiste der Renaissance nach einer Rückkehr zum Quellentext, vor allem zur Thora, dem zentralen geoffenbarten Text des Judentums, und in der Talmudliteratur eher zum Studium der Haggadah, das heißt jener philosophischen und erzählenden Teile des Talmuds, den die Gelehrten des Pilpul sträflich vernachlässigten.

Rabbi Löws Forderungen nach einer rigorosen Reform des Rabbinats, der Erziehung junger Leute und nach einer methodologischen Abkehr von den Metakommentaren leiten sich zuletzt von seinen strengen Gedanken über das Judentum her, das in einem späten Augenblick der Geschichte nicht unvorbereitet von einem messianischen Anruf getroffen werden soll. Merkwürdig, daß sich diese Gedanken, die auf geistige Ausschließung zielen, einer aristotelischen Terminologie bedienen. Für Rabbi Löw ist der Nichtjude ungeformter Stoff, der Jude Form, und von dieser grundsätzlichen Unterscheidung leitet er eine ganze Reihe von Bestimmungen ab, die das Jüdische über das Nichtjüdische heben. Der Nichtjude, biblisch inkarniert in Amalek, ist Materie, Wasser, Zufall und Geschichte; der Jude, inkarniert in Israel, die Sphäre der Form, des Feuers, des Notwendigen und der Ewigkeit; und daraus ergibt sich, und das unterscheidet Rabbi Löw von vielen seiner Zeitgenossen, daß Nichtjuden Juden werden können, denn der Stoff sucht die Form, die ihn heiligt und erhöht (so wie die Frau als Materie den Mann als Prinzip der Form sucht). Juden, auch wenn sie vom Judentum abfallen (so wie es 1492 in Spanien geschah), können dem notwendigen Prinzip der Form niemals abtrünnig werden und bleiben Juden. In einem vorherderischen Gedanken erklärt Rabbi Löw, jede Menschheitsgruppe habe eine besondere Aufgabe zu erfüllen; deshalb müsse sie sich rein und ungetrübt erhalten, in ihrem Glauben, ihrer Sprache, ihren besonderen Speisen, ja in ihrer Kleidung. Die Abgrenzung und die soziale Isolation sei durchaus nicht von Übel, sondern im Gegenteil die Vorbedingung jeder Integrität.

Die Frage nach dem Kabbalisten Rabbi Löw, die seit ungefähr zweihundert Jahren diskutiert wird, verbindet sich zuweilen mit dem populären Glauben daran, daß die Prager Judenstadt ein historischer Ort mystischer Lehre und Praxis gewesen sei, aber nichts weist darauf hin, daß Prag je gleichen Ranges mit Safed in Israel oder Gerona in Spanien gewesen wäre (in Mosche Idels neuer Darstellung der Kabbalageschichte, *Kabbalah – New Perspectives*, 1988, kommt Prag überhaupt nicht vor). Man wird auch dem Gedanken entsagen müssen, Rabbi Löw habe die kabbalistischen Traditionen Prags inkarniert, denn er war viele Jahre lang Oberrabbiner von Polen und zwanzig Jahre lang Oberrabbiner Mährens – und man kann nicht eben behaupten, Posen oder Nikolsburg seien eminent mystische Orte gewesen. Die jüdische Bildung Prags war, institutionell und historisch, tosafistisch, das heißt, mit Tosafot oder der Erarbeitung luzider und in ihrer Art juristischer Talmudkommentare und Metakommentare beschäftigt. In der Epoche des Königs Přemysl Otakar II., also um 1260, war die Schule der Prager Tosafisten den Schulen in Worms, Regensburg und Paris nahezu ebenbürtig, und Isaak ben Moses, der bedeutendste Prager Tosafist, hat zeitlebens an der Auslegung von Talmudkommentaren und Metakommentaren gearbeitet, obgleich er gelegentlich zu Zahlenspekulationen neigte, die bei seinem frommen Regensburger Lehrer besonders beliebt waren. Ähnliche Widersprüche unauflösbarer Art sind in den Arbeiten Jom Tov Lipman-Mühlhausens zu finden, des berühmtesten Prager jüdischen Gelehrten und Philosophen der nachkarolinischen Epoche, denn er verteidigte den Rationalismus des Moses Maimonides und studierte doch, auf altertümlichere Art, Formen und Bedeutungen des Alphabets, um den Schreibern heiliger Textrollen zu dienen. Rabbi Löw zitiert die Kabbalisten, vielleicht mit Ausnahme seines Zeitgenossen Luria, den er nicht zu kennen scheint, denn sie stehen ihm näher als die neue Rationalität philosophischer Analysen eines Maimonides, den er gänzlich verwirft. Wie selbständig er aber verfährt, zeigt die Art und Weise, wie er mit der Konzeption der *Sefirot* umgeht. Die Kabbalisten glaubten im Zentrum ihrer Lehren, der unsichtbare Schöpfer kehre sich in zehn Mächten und Kräften oder *Sefirot,* der Welt des Irdischen zu, und sie definierten diese *Sefirot,* zum Beispiel Wissen, Herrlichkeit, Majestät, verschiedentlich als Essenzen, Instrumente oder gar Offenbarungen einer göttlichen Einigkeit in sich selbst. Rabbi Löw besteht auf der Unsichtbarkeit und Ferne Gottes, lehnt die kabbalistischen Theorien der *Sefirot* als einer Lehre vom Wesen Gottes ab und läßt sie nur anthropologisch, oder gleichsam kantisch, zu. Sie haben nichts mit Gott, wie er ist, zu tun und sind nichts anderes als Kategorien des menschlichen Denkens, das sich die *Sefirot* als Erkenntnishilfen geschaffen hat. Rabbi Löw sieht die einzige Möglichkeit, sich Gott zu nähern, im systematischen Studium und in der Hingabe an die Thora; bei einigen wenigen Menschen mag sich diese Hingabe so steigern, daß sie über das übliche Maß hinaus gelangt. Das ist genau der Punkt, an dem die spätere chassidische Bemühung ansetzt, die Rabbi Löw in einen *Zaddik* verwandeln will, einen jener wunderbaren Gelehrten und vorbildlichen Heiligen, welche die ungewöhnliche Kraft haben, Gottes Segen auf die Gemeinde herabzurufen.

Das eigentliche Wesen, oder Unwesen, das Rabbi Löw im Bewußtsein vieler mit der mystischen Tradition verbindet, ist der Golem, der durch die Filme Paul Wegeners und Julien Duviviers oder die Gedichte von Borges und Celan mehr zu einer internationalen Prager Legende beigetragen hat als die Schriften seines angeblichen Schöpfers. Die Sage vom Golem, dem Erdkloß, dem Unfertigen oder Unbereiteten (das Wort wird auch für Frauen gebraucht, die noch nicht empfangen haben), ist um Jahrhunderte älter als sein Prager Erscheinen. Sie stammt aus einem gegen Ende des 12. Jahrhunderts in Worms entstandenen hebräischen Kommentar zum *Sefer Jezira* (Buch der Schöpfung) und beschreibt, wie man den Golem aus Erde und durch ein kompliziertes Ritual herstellt, in dem Gesten ebenso wichtig sind wie Zahlen und Alphabetkombinationen (in der jüdischen Gelehrsamkeit in Worms und Regensburg war die *Gematria,* das semantische Spiel mit Zahlen und Buchstaben, seit jeher beliebt). In vielen Legenden wird der Golem zum gefährlichen Meisterstück des mit besonderen Kräften begabten Rabbi; einer der frühen Gottesgelehrten, dem er zugesprochen wurde, war, schon im 15. Jahrhundert, der wundertätige Baal Schem in Polen. Nichts deutet aber darauf hin, daß die Zeitgenossen Rabbi Löws von seinem Prager Golem berichteten, auch nicht eine spätere Lebensgeschichte, die einer seiner Nachkommen in Prag im Jahre 1718 publizierte. Die Prager Version der Legende von Rabbi Löw und dem Golem erschien zum ersten Male, und in deutscher Sprache, in der Prager Zeitschrift *Panorama des Universums* im Jahre 1841, aus der Feder des deutschtschechischen Journalisten Franz Klutschak, der ihn den »Golam« nennt. Das schließt nicht aus, daß Geschichten von Rabbi Löw und dem Golem schon lange mündlich in der Prager Judenschaft und anderswo kursierten, und die Hypothese wird nicht ganz falsch sein, daß es alternative Gruppen wie die Sabbatianer, Frankisten oder vor allem die Chassidim waren, die Rabbi Löw später für ihre Tradition in Anspruch nehmen wollten und ihm deshalb einen Golem zuschrieben. Die erste Geschichtensammlung der Prager deutsch-jüdischen Literatur, die 1847 erschienenen *Sippurim,* sind jedenfalls eindeutig und offen in ihrer aufklärerischen Polemik *gegen* das Kabbalistisch-Mystische, welches das Bild des Rabbi Löw schon zu ihrer Zeit zu überwuchern drohte.

Diese *Sippurim* waren eine zuerst in Lieferungen und dann

in einzelnen Bänden vom Verleger Wolf Pascheles publizierte Sammlung von Geschichten, Märchen und Biograpien berühmter Juden, und sie sind nicht zuletzt deshalb von historischer Bedeutung, weil sie die ersten Bände einer Prager jüdischen Literatur deutscher Sprache konstituieren, und zwar im Geiste der Halacha oder Moses Mendelssohns Berliner Aufklärung. Die jungen Schriftsteller, die eben von der Universität kamen, oft Mediziner und Juristen, hatten es nicht einfach mit dem alten Wunderbaren, das sie erzählen wollten, und wählten verschiedene Verfahren, um das Irrationale zu rationalisieren. Die Sympathien der *Sippurim* sind durchaus auf der Seite der aufgeklärten Rabbiner; ihr Ideal ist nicht der gelehrte Silbenstecher, der sich im Foliantenstaub »hinter die Talmudschanze zurückzieht«, sondern ein hilfreicher Mensch, und ihre Polemik richtet sich gegen »eine der gesunden Vernunft« widersprechende Mystik, die sich »wie eine chinesische Mauer von allem Fortschritt, aller Kultur und aller Wissenschaft absperrt«. Die *Sippurim* begnügen sich mit kurzen narrativen Hinweisen auf die Golemlegende (sie liegt offenbar unter dem Niveau der Aufklärer); und ihr Rabbi Löw warnt in einer didaktischen Geschichte einen Adeligen ausdrücklich davor, die Kabbala zu studieren. Eine andere Szene, die auch in Paul Wegeners Film erscheint, zeigt Rabbi Löw, wie er auf Wunsch des Kaisers die patriarchalischen Gestalten der jüdischen Geschichte zur Erscheinung bringt. Der Erzähler denkt aber nicht daran, dem Zauber zum Opfer zu fallen, und er meint in einer skeptischen Bemerkung, Rabbi Löw habe einfach eine Laterna Magica benutzt und sei also wohl der kluge Erfinder dieses technischen Spielzeugs.

Die Versuche, den Fundamentalisten Rabbi Löw, als Schöpfer eines Golems, Jahrhunderte später in einen *Zaddik* zu verwandeln, der magischer Krafte fähig war und seine Weisheit aus der kabbalistischen Tradition schöpfte, wiederholt sich in den neueren Bemühungen in den USA und in Deutschland, den

Prager Juristen Franz Kafka als jüdischen Schriftsteller zu interpretieren, der, in einiger Ferne von der rabbinischen Tradition, in seiner Epik und in seinen Aphorismen nach einem alternativen jüdischen Glauben sucht, welcher der Kabbala und dem chassidischen Herkommen nahe steht oder gar von ihm abhängt. Ich meine Harold Blooms Essay *Kabbalah and Criticism* (1975), der in seiner fast prophetischen Apodiktik kein Streitgespräch zuläßt, und die nuancierte neue Arbeit Karl Erich Grözingers, *Kafka und die Kabbala* (1992) – ein belesenes Buch, das im Nachweis der Analogien überzeugt und eben dort, wo es auf die Frage der Quellen und deren Vermittlungen eingeht, den deutlichsten Beweis erbringt, daß Kafka die Mystik der Kabbala und der Chassidim nicht in Prag vorfand und sie nur durch Freunde kennenlernte, die selbst aus dem osteuropäischen Schtetl stammten oder die alternative religiöse Tradition, im Gegensatz zur Prager Assimilation, dort an Ort und Stelle gesucht hatten. Der eine Mittler ist der jiddische Schriftsteller und Schauspieler Jizschak Löwy, der mit dem jiddischen Theater in Prag gastierte und Kafka, der ihn sehr bewunderte, seine Erfahrungen und Geschichten erzählte (wahrscheinlich im Jahre 1911), und der andere war, wahrscheinlich seit 1915, Jiří Langer, der nach Belz in Galizien gegangen war, um dort zu studieren und dann, zum Schrecken seiner assimilierten Familie, im chassidischen Gewande am Prager Hauptbahnhof einzutreffen. Sein Bruder František war General der tschechoslowakischen Auslandslegionen und ein bekannter tschechischer Dramatiker. Analogien zu chassidischen Volksgeschichten sind in Kafkas Epik gewiß zu finden, aber er hat die Quellen, die selbst wieder der Weltfolklore angehören, nicht in Prag gefunden und mußte die osteuropäische Tradition eben deshalb importieren, weil ihre Volkstümlichkeit und ihre religiöse Intensität in Prag lange nicht mehr zu Hause gewesen waren.

In den geheimnisvollen Prager Geschichten wirkt Rabbi Löw zugleich mit seinem kaiserlichen Mitmystiker Rudolf auf dem Hradschin. Burg und Judenstadt rücken zueinander, wie in Paul Wegeners Golemfilm; und selbst wenn die persönliche Begegnung des Kaisers (sein Beichtvater Johann Pistorius war ein gelehrter Kenner der Kabbala) mit dem Rabbi im Februar 1592 Fiktion sein sollte, ist sie von notwendig emblematischer Bedeutung. Es ist unmöglich, gegen Rudolfs alchemistische und magische Interessen zu polemisieren oder sie gar ignorieren zu wollen; im Alchemistengäßchen wohnten allerdings keine Alchemisten, wie André Breton und die Reiseführer behaupten, sondern einfache, bescheidene Menschen (die Alchemisten hatten ihre Laboratorien in den Häusern und Palästen der großen Herren). Die Macht und das Geld des Kaisers zogen eine internationale Elite von ungewöhnlichen Denkern, Künstlern und Wissenschaftlern, im Sinne der Renaissance, nach Prag, die weder vor noch nach Rudolf ihresgleichen hatte, die problematischen Figuren nicht ausgeschlossen. Die österreichischen Erzherzöge schrieben im Jahre 1606 ein kollektives Memorandum, in dem sie behaupteten, »Ihre Majestät sei nur an Zaubereien, Alchemisten, Kabbalisten und ähnlichen Leuten interessiert«, und Prager Geschichten und Romane haben diese Anklagen stets für bare Münze genommen. Rudolf hatte seine persönlichen Probleme (der Streit darüber, ob er melancholisch, manisch-depressiv oder gar syphilitisch war, dürfte andauern), aber er war keinesfalls von Magie besessen. Er war von einer elementaren Neugier, was die Welt ist und was sie im Innersten zusammenhält, zog Denker an den Hof, die sich, wie er, an der Idee einer »Pansophie« inspirierten (den Glauben an eine Welt immanenter Harmonien erkennbarer Kräfte), und war den religiösen Eiferern und dem päpstlichen Delegaten deshalb verdächtig, weil er eirenisch von einer Grundreligion träumte, die alle Bekenntnisse zu vereinigen vermochte. Auffällig, wie viele der Ketzerei Verdächtige in Prag Aufnahme fanden, Giordano Bruno, der bedeutendste von ihnen, aber auch der entlaufene Dominikaner Paleologus (in Rom verbrannt im Jahre 1585) oder Francesco Pucci, der im Jahre 1597 den nämlichen Tod fand.

In der Pansophie des 16. Jahrhunderts verbinden sich magische Gedanken über die Korrespondenz und Verwandlungsfähigkeit aller Weltkräfte und Elemente mit analytischen und systematischen Energien, und die Legendenbildung über Rudolfs Hof verdeckt die zukunftsträchtige wissenschaftliche Arbeit, die internationale und einheimische Gelehrte leisteten. Gewiß: Die Engländer John Dee und Edward Kelley, von denen ganz Europa redete, waren merkwürdige Figuren (Kelley mehr als der gebildete Dee), aber man sollte jene anderen nicht vergessen, die selbst in der Alchemie die Kenntnis chemischer Elemente forderten, wie den Polen Sendivagius, oder die pansophischen Botaniker und Mineralogen, die in ihren lateinischen und bald ins Deutsche und Tschechische übersetzten Sammelbänden Pflanzen und Gesteine systematisch beschrieben. Nicht weniger deutlich sind die Verschränkungen von Alt und Neu in den Arbeiten der Astronomen Tycho Brahe und Johann Kepler, denen Rudolf im Schloß Benátky ein wissenschaftliches Observatorium zur Verfügung stellte, das Brahes Uraniborg bei Kopenhagen noch übertraf. Man sollte die Prager nicht vergessen, die an diesen wissenschaftlichen Arbeiten teilnahmen, in denen sich das Neue allmählich oder ruckweise aus dem Netz der alten Spekulationen befreite, so den Mathematiker und Leibarzt Rudolfs, Tadeáš Hájek z Hájků, gestorben 1600, der astronomische, geographische und botanische Arbeiten produzierte und an einer Übersichtskarte der Prager Region arbeitete. Ein anderer Gelehrter jener Epoche war der Historiker, Mathematiker und Astronom Rabbi David Gans, ein Lieblingsschüler des Rabbi Löw, der selbst die neuen Wissenschaften in gewissen Grenzen zuließ und legitimierte. Gans nahm dreimal je eine Woche lang mit Tycho Brahe an den astronomischen Messungsarbeiten im Schloß Benátky teil, verwarf in seinen Schriften die Astrologie der Amateure und Scharlatane und bekannte sich zu Brahes These von einer Welt der planetarischen Bewegung, in welcher nur mehr Erde, Mond und Sonne aneinander gebunden sind. Ein bedeutender Prager Wissenschaftler der Rudolfinischen Epoche, dem man allerdings magische Interessen nicht nachsagen kann, war der in Breslau geborene slowakische Arzt Jan Jessenius, ein Anatom ersten Ranges, der auch heliozentrischen Ideen anzuhängen begann, eine Schrift Savonarolas edierte und, im Jahre 1600, an der Prager Universität eine festliche Leichensektion durchführte und sie lateinisch beschrieb. Jessenius, vielleicht ein illustrer Vorfahre Milena Jesenskás, der Freundin Kafkas, war unter der Gruppe der aufständischen Herren, welche man im Jahre 1621 nach der Schlacht am Weißen Berg auf dem Altstädter Ring hinrichtete. Die Legende von der Rudolfinischen Magie ist wenig geeignet, das Gedächtnis solcher Wissenschaftler zu bewahren.

3.

In der Mythenbildung vom geheimnisvollen Zeitalter des Rabbi Löw, Rudolfs II. und des Golems sind spätere Fiktionen des Fin de siècle, die Bilder vom phantastischen Prag entfalten, popularisieren und vermitteln, von besonderer Bedeutung. In Reiseberichten, Briefen und Novellen des späteren 19. Jahrhunderts beginnt sich die neue Legendenbildung vorzubereiten, als Erzählung von einer merkwürdigen, metaphysischen und dunklen Stadt, in der Kathedralen und Synagogen ihre alte Strenge bewahrten und ebenso wie der alte jüdische Friedhof (welcher gar nicht der älteste ist, denn der stammte aus dem 13. Jahrhundert und befand sich am St. Martins-Újezd auf dem Gebiet der zukünftigen Neustadt) die Phantasie ganz besonders erregten und irritierten. Zu den intelligentesten Besuchern der Stadt zählten im Jahre 1858 George Eliot, die Autorin von *Middlemarch*, und ihr Freund George Henry Lewes, der erste Biograph Goethes, die in ihren Briefen und Niederschriften immer wieder auf Prag und die Judenstadt zu sprechen kamen; und zehn Jahre später schrieb Wilhelm Raabe die wehmütige Erzählung »Holunderblüte« (1868), in welcher ein junger deutscher Student aus Wien das schöne Prager Judenmädchen Jemima liebt; auch ein Stück Friedhofspoesie. Im gleichen Jahre bemächtigte sich (wie der amerikanische Germanist Jeffrey Sammons gezeigt hat) der radikale Antisemitismus des Prager Motivs. Der Schriftsteller Hermann Goedsche, Mitarbeiter der Berliner konservativen *Kreuz-Zeitung*, begann unter dem Namen »Sir John Retcliffe« seinen historischen Schmöker *Biarritz* über den Fürsten Bismarck und Napoleon III. zu publizieren und beschrieb schon im ersten Band, wie sich die Delegaten der zwölf israelitischen Stämme, unter ihnen der Ewige Jude als dreizehnter, auf dem alten Prager Friedhof zusammenfinden, um ihre zukünftige Weltherrschaft zu diskutieren und ihre Berichte in einem Dokument festzuhalten, das unter dem Titel *Protokolle der Weisen von Zion* in das Inventar des Antisemitismus und Faschismus einverleibt wurde, von der russischen Geheimpolizei bis auf Henry Ford; auch eine nicht verwelkende Giftblüte der Prager Magie.

Nach dieser Vorbereitung vollzieht sich die neuere Kristallisation des Mythos vom phantastischen Prag in einer Gruppe oder gar kleinen Bibliothek von Romanen des europäischen Fin de siècle, darunter Francis Marion Crawfords *The Witch of Prague* (1890), erschienen und geschrieben von einem populären amerikanischen Unterhaltungsschriftsteller, der es vorzog, in Italien oder München zu leben; Rainer Maria Rilkes »König

Bohusch« von 1899, die erste seiner *Zwei Prager Geschichten*; der 1900 erschienene Roman *Gotická duše* (Die gotische Seele) des tschechischen Dekadenten Jiří Karásek ze Lvovic, der die Prager Nationalkleinbürger durch seine sinnlichen Geschichten provozierte; Guillaume Apollinaires »Le Passant de Prague« (Der Prager Spaziergänger) von 1903, eine Kurzgeschichte von wenigen Seiten, welche die epochalsten Wirkungen in der Sensibilität der französischen und tschechischen Surrealisten nach sich zog, und Gustav Meyrinks *Golem* von 1915, ein spätes und eklektisches Kompendium aller möglichen okkulten, mystischen und Kriminal-Motive und ein Welterfolg zugleich. Diese Autoren, ob sie das wußten oder nicht, unternahmen den Versuch, den älteren Schauerroman (man darf ihn auch *the gothic novel* oder schwarzromantisch nennen) in Prag zu lokalisieren. Der Prozeß der Lokalisierung war in Prag einfacher und gründlicher zu bewältigen als in München oder Berlin, denn die Schriftsteller waren in der vorteilhaften Lage, lang tradierte historische und legendäre Motive mobilisieren zu können und ihre Sache durch Antezedenten zu stärken. Prag war ein schauriger Ort, eben weil es schon lokale Schauergeschichten gab, und zu den alten wie den neuen gehörten ein fester Personenstand – der Golem, der Ewige Jude, Rabbi Löw, Rudolf II. – und besondere Szenarien und Kulissen, winkelige Straßen, abgelegene Orte, Klöster, Synagogen, Friedhöfe und Gefängnisse, dazu schicksalhafte Begegnungen, melodramatische Todesfälle, okkulte Kräfte und die jüdisch-exotischen Ingredienzen, die auch die Antisemiten nicht missen wollten.

Crawfords Roman *The Witch of Prague*, zu seiner Zeit außerordentlich populär in England und Amerika, und auch auf dem europäischen Kontinent in einer billigen Tauchnitzausgabe erhältlich, ist ein gutes Beispiel für den Prager Schauerroman des Fin de siècle. Ich will die komplizierten Vorgänge nicht nacherzählen, aber auch nicht ganz verschweigen: Es handelt sich um einen weltreisenden Gentleman, der seine Beatrice sucht (er hat sie geliebt und verloren), und auf der Suche nach ihr in die Hände und Umarmungen einer Prager *femme fatale* namens Unorna fällt (tschechisch *únor* – Februar, also die Norne Februaria), die ihm in der Hypnose vortäuscht, Beatrice zu sein. Das könnte auch vom jungen Schnitzler herrühren, aber Crawford kompliziert die Verhältnisse durch einen geheimnisvollen Araber, der mit Mumien experimentiert, und einen blassen jungen Mann namens Israel Kafka, der die fatale Unorna liebt, die ihm ihrerseits Blut aus den Adern zapft, um dem Araber weitere Experimente zu ermöglichen. Dem Amerikaner ist nicht ganz wohl bei dem allzu wunderbaren Okkulten, und er löst es zuletzt, wie übrigens auch der Tscheche Jakub Arbes, einer der Prager Erfinder der Science-fiction, ins Rationale auf, indem er in einer Fußnote erklärt, daß Unornas hypnotische Kräfte rein wissenschaftlich zu erklären seien, wie man bei Professor Krafft-Ebing im Buche über die Hypnose nachlesen kann. Immerhin: Crawford hat sich in Prag aufgehalten, verstand einige Brocken Tschechisch, und um die atmosphärische Darstellung Prags sollte ihn selbst Gustav Meyrink beneiden, der seine Prager Schilderungen zumeist den Deskriptionen der Londoner Slums von Charles Dickens entnahm, den er ausgezeichnet übersetzt hatte. »Prag«, so schreibt Crawford, »ist nach dem Prinzip des menschlichen Gehirnes konstruiert, ein Gewirr von winkeligen Gassen, dunklen Wegen und düsteren Toren, die alle irgendwohin führen oder nirgendwohin.«

Die Prager Fin de siècle-Autoren Jiří Karásek ze Lvovic und Rainer Maria Rilke waren miteinander befreundet (Rilke soll mit Karásek sogar tschechisch parliert haben), und das zeigt sich im Roman *Die gotische Seele* und in der Erzählung »König Bohusch«, die beide, anders als die üblichen Prag-Schmöker, an die mystischen Karmeliterinnen erinnern, in Prag oft *Barnabitky* genannt. Der junge Rilke schickt seinen buckligen

Träumer Bohusch, der sich in eine geheimnisvolle Konspiration verwickelt, auf Friedhöfe und in Klöster, wo die Karmeliterinnen, so schreibt er, hinter »grausamen Mauern ihr stummes Sterben haben, auch untereinander nie ein Wort tauschen (...) und ihre von langen Gebeten zerrissenen Nächte in den Brettersärgen überstehen mußten«. Karásek nennt die berühmte Maria Elekta di Gesù beim Namen, steigert die Legende ins Mystisch-Erotische und erzählt eine Szene unerhörter Selbstpeinigungen und Wonnen, »im Wahnsinn ihrer ekstatischen Freuden, die mit Schmerzen vermischt waren, schleppten sich die Büßerinnen zum Kruzifix, und dann war nichts mehr zu sehen als eine Masse von Leibern, die auf dem Pflaster der Kirche lag«. Deutsche Kolporteure der Prager Legenden gehen zumeist auf Gustav Meyrink zurück, aber die neue tschechische Poesie beruft sich auf Guillaume Apollinaires »Le Passant de Prague«, eine luzide, heitere, fast ironische Reisegeschichte, in der Apollinaire erzählt, wie er, *près d'un urinoir,* dem Ewigen Juden begegnet. Der alte Mann ist lebhaft, fröhlich und geschwätzig, begleitet den jungen französischen Reisenden auf Spaziergängen durch die Stadt, auch die verrufenen Nachtlokale (eine Ungarin des horizontalen Gewerbes weiß die Manneskraft des Greises nicht genug zu rühmen, *il a marché tout le temps).* Er zitiert alle Autoren, die je über ihn geschrieben haben, und sieht auch den Verhängnissen, die ihm alle hundert Jahre einmal begegnen, mit unverwüstlichem Gleichmut entgegen. Eine ganze Generation der talentiertesten tschechischen »Poetisten« und Surrealisten hat sich bemüht, diese Prager Spaziergänge geradezu als Ritual praktisch und poetisch zu wiederholen und Apollinaires Prager Impressionen zu zitieren. Als André Breton im Vorfrühling 1935 nach Prag kam, um seine surrealistischen Freunde zu unterstützen, rühmte er die Stadt Prag, bekannt durch ihren »legendären Zauber«, als »magische Hauptstadt des alten Europa«, und seine Freunde, die tschechischen Surrealisten, die ja genau wußten, daß er im *Zweiten Manifest des Surrealismus* (1930) Analogien zwischen Alchemie, Kabbala und Surrealismus gezogen hatte, fühlten sich in ihrer poetischen Theorie und Praxis gestärkt. Sie vergaßen auch rasch, welche Begrenzungen sein Bild des magischen Prag implizierte – es war die Hauptstadt des *alten* Europa (Paris war die Metropole des neuen), und die Stadt schien nur magisch zu sein, wenn man, wie er sagte, »von allen geographischen, historischen und ökonomischen Erwägungen« absah und sie »aus der Entfernung betrachtete«. Die tschechischen Surrealisten interpretierten das Kompliment buchstäblich, ohne auf seine Begrenzungen eingehen zu wollen, und wer heute vom magischen Prag spricht, zitiert Breton oder eigentlich die *productive misreadings* der Prager Surrealisten, und das gilt auch für Ripellinos *Praga Magica.*

4.

Von den vielen Eigenschaftswörtern, die man mit dem Namen der Stadt verband, ist »magisch« das allerjüngste, dem andere viel frühere vorausgingen, unter anderen das »goldene« Prag oder *Zlatá Praha.* Deutschen Ohren klingt das besonders deutsch (wohl auch in Erinnerung an den gleichnamigen, in den letzten Kriegsjahren gedrehten Ufa-Film), aber die Wendung *Zlatá Praha* ist eng mit einer 1882 gehaltenen, berühmten Rede des Prager tschechischen Bürgermeisters Tomás Černý verknüpft (das goldene Prag als das slawische Prag), mit dem Aufstieg der jungtschechischen Partei im letzten Drittel des 19. Jahrhunderts und zugleich mit dem Titel einer populären Familienzeitschrift analoger Ideologie. Das Wort vom »magischen« Prag, wie es Ripellino popularisierte, funktionierte jedenfalls auf doppelte Weise, vor und nach der sanften Machtübernahme.

Das Buch erfüllte seine, oder eine, besondere Funktion schon vor der Machtübernahme, oder genauer gesagt, in der Epoche der sogenannten »Normalisierung«, in welcher die spätstalinistischen Konservativen jede Erinnerung an den »Prager Frühling« tilgen wollten, auf höchst gelehrte, aber auch assoziativ private Weise. Ripellino nannte Prag »eine Brutstätte des Gespensterwesens, einen Tummelplatz der Hexenmeister«, aber auch einen Ort der »Einsamkeit, Angst und Verlorenheit« und lieferte den nach 1968 verfolgten reformkommunistischen Schriftstellern und Intellektuellen und ihren Freunden im Dissens einen Kompensationsmythos, der es ihnen gestattete, sich zur Fraktion der Phantasie und gegen die herrschende Bürokratie zu melden und dabei die internationale Tradition der einst revolutionären Avantgarde gegen die lokale und farblose Literatur des Systems auszuspielen. In die *Praga magica* regredierend, ergriffen die tschechischen Schriftsteller die imaginative Möglichkeit, die alte Stadt den prosaischen und rücksichtslosen Planern, die eine Autobahn quer durch das Zentrum führten, zu entreißen und sie als ästhetischen Ort zumindest im Geiste zu restaurieren. Dieser Kompensationsmythos hat aber seine Grenzen, die im Buch Ripellinos deutlich sichtbar sind; die Erinnerung an die authentische Mystik der Kirchen und Religionen ist ausgelöscht, und Ripellino vernachlässigt die Konflikte der trotzkistischen tschechischen Surrealisten mit der kommunistischen Parteiorthodoxie. In seinem »magischen Prag« ist ein Hilferuf der Poeten hörbar, die in der Epoche der »Normalisierung« zu ersticken drohen, und es ist das große Verdienst Ripellinos, die internationale Leserschaft wieder auf Dichter wie Nezval und Holan aufmerksam gemacht zu haben (von Jan Zahradníček, dem katholischen Dichter, der neun Jahre im Kerker saß und fünf Monate nach seiner Entlassung starb, ist weniger die Rede).

Nach 1989 laufen die Bilder vom magischen Prag allerdings

Gefahr, Barrieren zu bilden und einer Nostalgie zu dienen, die Schwierigkeiten hat, sich im neuen Durcheinander der Ideen zu orientieren. Diese Nostalgie zieht es deshalb vor, sich in eine fiktive Vergangenheit zurückzulehnen, die gerade in ihrer Enge und Dunkelheit freundlicher zu sein scheint als eine chaotische, tagesgraue, unvorhersehbare und kalte Gegenwart, die vernünftige Urteile fordert. In allem Reichtum ist das magische Prag eine arme Stadt, denn sie lebt ohne Hussiten, ohne die tschechischen und die deutschen Aufklärer, ohne den liberalen Polemiker Karel Havlíček, ohne die deutschen und jüdischen Expressionisten, ohne die kubistische und konstruktivistische Architektur, ohne Tomáš G. Masaryk, der so lange auf dem Hradschin residierte, und ohne die anderen Prager Philosophen, von Bernard Bolzano bis Emanuel Rádl und Jan Patočka.

Die Nostalgie nach dem magischen Prag dient jetzt der Camouflage eines romantischen Antikapitalismus, ist aber zugleich selbst zu einer Ware geworden, die man in Reisebüros, Stadtführungen, Ansichtskarten, Veranstaltungen und T-Shirts an die Touristen verhökert. Indem die Nostalgie die Aufmerksamkeit auf die enge Altstadt und den schmalen Königsweg konzentriert, versperrt sie den Hunderttausenden von Reisenden den Weg in jene Stadtbezirke, in der die Prager alltäglich leben. Sie ist jetzt zu einem Mythos der Berührungsängste vor einer wieder offenen, analytischen und beweglicheren Welt geworden. Rühr mich nicht an!

Bibliographische Notiz

»Milde und Entschiedenheit. Laudatio auf Peter Demetz« – Erstadruck: Jahrbuch der Deutschen Akademie für Sprache und Dichtung, Göttingen 1994

»Mit zähneknirschender Hoffnung« – Erstdruck: *Merkur* 22 (1968), S. 893–899.

»Zu einer Literaturgeschichte Schwejks« – Erstdruck: *Facetten deutscher Literatur*, Band I, *Literarische Symbolfiguren*, hg. v. Johannes Anderegg u. Werner Wunderlich, Haupt, Bern 1987, S. 191–205.

»Schwierige Rückkehr« – Erstdruck: Magazin der *Frankfurter Allgemeinen Zeitung*, Heft 622 (1. Januar 1992), S. 32–43.

»Öffentliche und kapillare Geschichte« – Erstdruck: *Transit* (Wien), H. 2 (1991), S. 151–160.

»Prag und Babylon: Zu Kafkas ›Das Stadtwappen‹« – Erstdruck: *Kafka in Prag*, hg. v. Karl Krolop u. Hans Dieter Zimmermann, Walter de Gruyter, Berlin/New York 1994, S. 133–140.

»Noch einmal: René Rilkes Prager Jahre« – Vortrag anläßlich der Internationalen Rilke-Konferenz in Prag am 14. November 1994.

»Masaryks Faust« – Erstdruck: *Sprache im technischen Zeitalter*, H. 30 (1992), S. 416–429. Tschechische Fassung in: *Masarykův Sborník* VIII (1994), S. 47–58.

»Ein Flaneur in Brünn: 1938« – Erstdruck: *Literární Noviny* (Prag), Nr. 48 (2. 12. 1993). Deutsche Fassung vom Autor.

»Die Legende vom magischen Prag« – Erstdruck: *Transit* (Wien), H. 7 (1994), S. 142–162.

Deuticke
A–1010 Wien, Hegelgasse 21

Umschlaggestaltung: Robert Hollinger
Druck: Wiener Verlag, Himberg bei Wien
Printed in Austria

ISBN 3-216-30203-2